KALLE SALON JA HÄNEN JÄLKELÄISTENSÄ ELÄMÄÄ

(Koonnut Heikki Mansikkaniemi)

Kustantaja: BoD · Books on Demand, Mannerheimintie 12 B,
00100 Helsinki, bod@bod.fi
Kirjapaino: Libri Plureos GmbH, Friedensallee 273,
22763 Hampuri, Saksa
ISBN: 978-952-80-9579-8

Sisällys

Johdanto

Kalle Salolla oli merkittävä osa 1900-luvun alkupuolen elämän monella tasolla. Hänet tunnettiin poliitikkona, osuustoiminnallisen kauppaliikkeen kehittäjänä sekä Viitin kylän kehittäjänä. Hänet valittiin Teuvan ensimmäiseen valtuustoon vuonna 1919. Kalle istui neljän muun viitiläisen kanssa kansalaissodan aikoihin Närpiön vankileirillä. Hän oli kantavana voimana, kun Viitin koulu sai alkunsa. Hän toimi alkuunpanijana Luoman koulun aloittaessa vuonna 1928, ja opetti siellä myös puukäsitöitä. Viitin uuden koulun aikaansaamiseksi Kallen panos oli hyvin merkittävä. Erityisesti voidaan mainita Kallen ammatti eli kirvesmies: hän rakensi lukuisia taloja sekä Teuvalle että Närpiöön.

Kallen harrastuksia olivat näytteleminen ja runojen kirjoittaminen. Kallelle ja Marialle kertyi melkoisen iso perhe: lapsia syntyi 13 kappaletta.

Koottaessa tätä kirjaa työhön on osallistunut Kallen lasten jälkeläisiä. Kokoavana voimana on toiminut Pentti Salon tytär Ulla Sillanpää. Oman panoksensa ovat antaneet myös Elma Lahden (o.s. Salo) poika Aulis Lahti, Elmi Salon tyttäret Sirkka Levanen ja Ritva Mäkinen sekä Kaarlen tytär Helena Salo.

Suuri kiitos heille kaikille myönteisestä suhtautumisesta Kalle Salon suvun historiaan.

Heikki Mansikkaniemi
Karjaa 2024

Kalle Salon perhe

Kallen vanhemmat

Vanhemmat olivat talollinen kirvesmies **Heikki Juusenpoika Salo** (4.5.1838–4.5.1897) ja **Ulriika Juhontytär Perälä** (4.6.1840–24.3.1924). He menivät naimisiin 1.1.1861. Heille syntyi Teuvan kirkonkirjojen mukaan seuraavat lapset:

1. Juuse Nestori (2.1.1861–3.1.1861), Teuva
2. Ulrika Frasa s. 31.2.1862 Teuvalla, muutti Amerikkaan
3. Maija-Liisa Frasa (10.2.1864–10.8.1905), Teuva
4. Juho Heikki Frasa s. 23.11.1865 Teuvalla, muutti Amerikkaan
5. Juuse Heikinpoika Raittila (2.9.1867–29.10.1944), Teuva

6. Samuel Frasa s. 11.12.1869 Teuvalla, k. 10.2.1909 Amerikassa
7. Antti Frasa s. 28.12.1871 Teuvalla, k. 1919 Amerikassa
8. Jaakko Nestori (31.12.1873–26.10.1881), Teuva
9. Johanna Sofia Frasa s. 21.10.1875 Teuvalla, k. 9.5.1929 Jurvassa
10. Vihtori Frasa (31.10.1877–21.12.1877), Teuva
11. Tuomas Elisa Frasa (22.12.1878–17.3.1925), Teuva
12. **Kalle Salo** (22.6.1881–14.1.1957), muutti Viitiin Närpiöön perheineen 13.3.1925
13. Anna Kaisa Salo (24.12.1884–13.10.1974), Teuvan Perälä

Kallen alkuvaiheet ja ensimmäinen perhe (Amerikan vuodet)

Ajan virran mukana Kalle lähti 1899 Amerikkaan. Aikaisemmin perheestä olivat muuttaneet Amerikkaan yksi sisko ja kolme veljeä. Kalle toimi siellä ainakin kirvesmiehenä ja asui Houghtonissa Pohjois-Michiganissa.

Kalle avioitui (27.6.1903) Amerikkaan 31.3.1900 lähteneen talollisen tyttären **Hilma Seliina Juhontytär Syväluoman** (Ravi) (24.3.1881–30.5.1906) kanssa. Hilma oli kotoisin Perälästä, ja he olivat kihloissa jo Kallen lähtiessä Amerikkaan. Hilma muutti sinne perässä, kun Kalle sai asiat kuntoon. Avioliitto päättyi onnettomasti Hilman kuollessa vain 25-vuotiaana. Poikalapsikin kuoli. Hilma ja poikavauva menehtyivät synnytyksen aiheuttamiin komplikaatioihin. Amerikassa Kalle osallistui sosialistien toimintaan ja tutustui työväenliikkeen aatteisiin.

1. Avioliitto, Hilma Selina Ravi (1881 - 1906), 27.6.1903, Larium, Houghton, Michigan, USA. Hilma oli kotoisin Perälästä. Kalle ja Hilma olivat kihloissa, kun kun Kalle lähti Amerikkaan. Hilma muutti Amerikkaan perässä, kun Kalle sai asiat kuntoon.

Paluu Suomeen ja toinen avioliitto

Kallen äiti Ulriika kirjoitti kirjeen Amerikkaan ja pyysi Kallea palaamaan kotiin, koska äidin terveys oli heikentynyt. Kalle palasi loppuvuodesta 1908. Hän teki kirvesmiehen töitä ja liittyi Perälän Työväenyhdistykseen vuoden 1909 alusta, tullen johtokunnan jäseneksi ja puheenjohtajaksi 1910.

Hääkuva 27.6.1903. Kalle ja hänen ensimmäinen vaimonsa.

Toisen avioliittonsa Kalle solmi **Maria Saaren** (12.6.1893–1963) kanssa 13.7.1913. Marian isä oli Heikki Enokinpoika Saari ja äiti Ulrika Juhontytär Kitti. Kallen ja Marian perheeseen syntyivät seuraavat lapset:

- Elma Ilona (1914–1989)
- Aate Ilmari (29.4.1915–4.1.1978)
- Eero Henrik (7.4.1916–27.10.1918)
- Aarno Anselm (16.11.1917–6.11.1918)
- Elmi Ulrika (21.5.1919–2.10.2010)
- Aarne Arnold (26.8.1920–29.4.2010)

- Arvi Alvar (26.3.1922–2.11.2005)
- Eira Maria (19.10.1923–*kuoli 1923*)
- Väinö Vilhelm (24.10.1924–22.5.1951)
- Urpo Alarik (3.5.1926–25.7.1997)
- Pentti Antero (4.10.1929–6.8.2005)
- Kaarle Henrik (22.4.1933–18.11.2001)
- Oiva Ylermi (23.4.1935–9.5.2003)

Muutto Viitiin

13. maaliskuuta 1925 Salo muutti perheineen Närpiöön Viitiin. Kalle oli ostanut Salolan tilan 1.11.1914 Viitistä. Hän rakensi vuosien saatossa siihen hirsitalon, jossa oli tupa ja kaksi kamaria. Taloissa oli mestarilliset ikkunapielet.

Kalle asui perheineen vielä Perälän kotitilalla, jossa asuivat myös vanha äiti Ulriika ja veli Tuomas Elias. Hän oli mieleltään sairas. Kalle oli rakentanut veljelleen tupaan häkin, jossa Elias vietti päiviään Kallen ollessa töissä ja lasten ollessa pieniä. Siihen aikaan ei ollut mitään lääkitystä, joka olisi rauhoittanut veljen. Veli Elias vietti viimeiset vuodet Teuvan Kunnalliskodissa. Äiti Ulriika kuoli 83-vuotiaana 24.3.1924, minkä jälkeen perhe muutti uuteen taloon Viitiin. Muuttopäiväksi kirkonkirjoihin on merkitty 13.3.1925.

Salo oli ehdoton raittiusmies ja oli lisäksi hyvä laulaja ja kynämies. Juho Perälä luonnehti Kalle Saloa henkilöksi, joka oli täsmällinen ja asiastaan loppumattoman innostunut. Salo oli pidetty ja taitava osuustoimintamies. Kokousten puheenjohtajana hän oli yhteistyökykyinen ja suuret mitat täyttävä järjestömies.

Kalle Salo oli vuonna 1919 Perälän Osuuskaupan hallituksen puheenjohtaja, mutta osuuskaupan pitkäaikainen puheenjohtaja Igna Nurmela (1975 - 1945) vannoi puhuessaan Perälän Suojeluskunnan perustamisen ehkäisemisestä: ”Se olikin yhteiskunnan kumousta ajavien viimeinen voitto näillä main”. Niinpä porvaristo käytti sellaisia menetelmiä Perälän Osuuskaupan vallasta vuonna 1920, että työväestö

katsoi yhteistyön mahdottomaksi, marssi ulos kevätkokouksesta ja perusti Kristiinan Kuluttajain Osuuskaupan Perälän myymälän (Osuusliike Suupohja). Kalle Salo toimi sen hallintoneuvostossa pitkään. Hän kulki vuosikymmenet kävellen Viitistä iltaisin laskemassa ja kirjaamassa myymälän kassan.

Varmaan tahtomattaan Kalle Salo joutui toiseksi osapuoleksi tapahtumassa, joka väistämättömästi hajotti Perälän yhtenäisyyden 1920 ja synnytti kaksi kylää omine johtajineen, kulttuureineen ja taloudellisine suuntauksineen. Tämä oli suuri pettymys, koska hän rauhanomaisin, sivistyksellisin ja järjestötoiminallisin keinoin pyrki yhtenäisessä kylässä tasaarvoiseen ja parempaan aikaan.

Kalle Salon monipuolinen näkyvyys

Perälän Työväenyhdistys

Vuonna 1919 Kalle Salo valittiin Teuvan kunnanvaltuustoon Perälän työväestön edustajana, jossa hän toimi aina vuoteen 1925 asti osallistuen myös kunnallislautakunnan toimintaan. Salo toimi Perälän Osuuskaupan puheenjohtajana vuonna 1919 sekä vuosien ajan Osuusliike Suupohjan hallintoelimissä. Hän osallistui yhdistyksen huvitoimikuntaan ja esiintyi myös yhdistyksessä näyttelijänä.

13. maaliskuuta 1925 Salo muutti perheineen Närpiöön (Viitiin). Salo oli ehdoton raittiusmies ja oli lisäksi hyvä laulaja ja kynämies. Juho Perälä luonnehti Kalle Saloa henkilöksi, joka oli täsmällinen ja asiastaan loppumattoman innostunut. Salo oli pidet-

ty ja taitava osuustoimintamies. Kokousten puheenjohtajana hän oli yhteistyökykyinen ja suuret mitat täyttävä järjestömies.

Perälän työväenyhdistys 1910

Puheenjohtaja: Kalle Salo
Kirjuri: Juho Perälä
Rahastonhoitaja: Hanna Saha

Perälän työväenyhdistys 1911

Esimies: Kalle Salo
Kirjuri: Niko Kulmala
Rahastonhoitaja: Juho Perälä
Taloudenhoitaja: Antti Vuorisalo
Jäsenkirjuri: Hulda Syväluoma

Perälän työväenyhdistys 1912

Puheenjohtaja: Kalle Salo
Kirjuri: Vesteri Sannikko
Rahastonhoitaja: Juho Perälä
Jäsenkirjuri: Hulda Syväluoma

Perälän työväenyhdistys 1913

Puheenjohtaja: Kalle Salo
Kirjuri: Vesteri Santikko
Rahastonhoitaja: Juho Perälä
Jäsenkirjuri: Hulda Syväluoma

Perälän työväenyhdistys 1914

Puheenjohtaja:	Niko Kulmala
Kirjuri:	Juho Perälä
Rahastonhoitaja:	Kalle Salo
Jäsenkirjuri:	Aleksi Perälä
Taloudenhoitaja:	Uljas Mukkala
Huvitoimikunnan puheenjohtaja:	Niko Kulmala

Perälän työväenyhdistyksen johtokunnat 1907–1917 (jäsenten toimivuodet)

1. Haapaniemi, Nikolai, itsellinen (1909–1912, 1916–1917)

2. Keskinen, Erland, tuntematon (1916)

3. Kujanpää, Juho, itsellinen (1907–1909)

4. Kulmala, Nikolai, itsellinen (1908–1914, 1916–1917)

5. Lipasti, Iisakki, itsellinen (1907)

6. Luomala, Helga, itsellinen (1913)

7. Mukkala, Uljas, itsellinen (1909–1910, 1912–1914, 1916–1917)

8. Niemi, Vesteri, itsellinen (1907–1908)

9. Perälä, Aleksi, palstatilallinen (1914, 1916)

10. Perälä, Juho, palstatilallinen (1907–1917)

11. Reuna, Nikolai, räätäli (1907)

12. Saari, Nikolai, talollinen (1916–1917)

13. Saarikoski, Oskari, talollinen (1907–1908)

14. Salo, Kalle, pientilallinen (1910–1917)

15. Santikko, Vesteri, talollinen (1909, 1911–1913)

16. Seppälä, Vihtori, palstatilallinen (1912)

17. Syväluoma, Hulda, itsellisen leski (1911–1913)

18. Vuorisalo, Antti, työmies (1911)

Salo toi ulkopuolelta uusia tuulia ja toimintaa uneliaaseen maalaiskylään. Ajallisesti tämä meni täysin yhteen rautatien rakentamisen kanssa, Se takasi kylän työväenliikkeen nopean nousun. Hänen työparinaan ja kirjurinaan toimi Jukka Perälä, josta tuli peräläisen työväenliikkeen ensimmäinen taustahahmo ja rautatien rakentamisen jälkeen hänestä kehittyi koko kylän johtava hahmo. Salon ensimmäisen vuoden toiminnasta 1910 hän kirjoitti toimintakertomuksen. Sen mukaan Kalle Salo vei kertomusvuoden aikana täsmällisyydellä ja loputtomalla innostuksella yhdistyksen asioita eteenpäin vaikeissakin tilanteissa. Salo vastasi yhdistyksen toiminnasta. Hän oli puheenjohtaja ja mestari heti tammikuussa 1910 aloitetun työväentalon rakentamisessa, huvitoimikunnan johdossa ja esiintyjä sen toiminnassa. Usein Kalle edusti yhdistystä piirikokouksissa.

Yhdessä muualta tulleiden rautatierakentajien kanssa oli uudessa työväentalossa tapahtuva toiminta ja huvipuoli ennennäkemättömän vilkasta, antoisaa ja laadukasta.

1912 työväenyhdistyksen puheenjohtaja Kalle Salo oli taas mestarina, kun Perälän Nuorisoseuran taloa rakennettiin. Poliittiset erimielisyydet eivät vielä silloin olleet sellaisia, että siinä olisi nähty ristiriitaisuuksia.

1914 Kalle piti puheenjohtajan tehtävistä välivuoden ja 1.11.1914 osti Närpiön Bölen kylän Hertsin tilasta 1/80 manttaalin osan. Näin hänestä tuli tilallinen. Tila sijaitsi Viitinluhdassa, johon syntyi uudisasutusta peräläisten ja närpiöläisten sivumaille.

Rautatieläiset antoivat merkittävän ja kehittävän osuuden yhdistys- ja huvitoimintaan. Näytelmätoiminta kehittyi Suupohjan merkittävämmäksi. Vierailunäytäntöjä tehtiin kaikkialle lähipitäjiin, suurillekin näyttämöille. Kalle Salo oli huvitoimikunnan johdossa ja näyttelijänä mukana. Rautatieläisten lähdettyä kuumennut tilanne alkoi rauhoittua, mutta toimintatavat ja -taidot oli opittu ja toiminta jatkui hyvänä. Venäjän vallankumous toi Teuvalle koko väestöä koskevia kansalaiskokouksia. Näissä kaikissa Salo oli mukana usein puheenjohtajana tai alustajana. Vaikeissa olosuhteissa 1917 hänestä tuli elintarvikelautakunnan jäsen.

Närpiön vankileiri 1918

Vuonna 1918 Kalle valittiin ensimmäisenä työläisedustajana kunnallislautakuntaan, mutta syttynyt sisällissota esti siinä toimimisen. Työväenyhdistys otti matalamman ja kyläkeskeisemmän linjan ja Nikolai Saari valittiin puheenjohtajaksi. Teuvan suojeluskunta esitti välittömästi sodan sytyttyä yleistä asevelvollisuutta. Kristiinan piiriesikunta Uuno Uljas Sepän johdolla esitti asian valkoisten ylipäällikölle Mannerheimille, joka määräsi 11.2.1918 asevelvollisuuden pakolliseksi. Kristiinan piiri pani sen täytäntöön. Perälän vasemmistolaiset kieltäytyivät aseista ja kutsunnoista. Kalle Salo vangittiin kolmannessa erässä 14.4.1918. Vangit kuljetettiin Kristiinan putkan kautta Närpiön vankileirille, joka sijaitsi venäläisten kasarmilla Ryssämäellä Finbyssä. Kallea vastaan ei esitetty syytettä. Hänet vapautettiin kuukauden kuluttua, jolloin nälkäkuolema oli jo lähellä. Peräläisiä Närpiön vankileirillä oli 37 miestä.

Kalle Salo Työn Äänessä

Samassa lehdessä oli neljä eri artikkelia Teuvasta ja Perälästä. Otsikot olivat Teuva, Katsaus työväenliikkeen toimintaan Perälässä, Vähän osuustoiminnasta Teuvalla, Perälän työväenyhdistyksen toimihenkilöitä.

Kuva Työn-Ääni- lehdessä 25.5.1927.

Kolmesta viimeisestä otan katkelmia, joissa mainitaan Kalle Salo.

Katsaus Työväenyhdistyksen toimintaan Perälässä

Sosialistinen työväenliike Perälässä oli vuoteen 1906 vallan tuntematonta. Etelä-Suomessa matkoilla ollut Otto Österberg oli siellä tutustunut työväenliikkeeseen ja niinpä hän hommasi Perälään puhetilaisuuden sisarensa Hanna Holsteinin asunnolle, jossa silloin oli Suupohjan Kuluttajain Osuusliikkeen Perälän myymälä. Puhetilaisuus oli 3. päivänä tammikuuta 1906. Puhujina esiintyivät K. Saari ja Iisakki Ruuskanen Kurikasta. Pian sen jälkeen J. Hautaniemi ja S. Kallio järjestivät I. Lipastin myötävaikutuksella puhetilaisuuden Seppälän talossa. Niin saatiin puhujia toisensa perään, joiden puhetilaisuudet järjestivät J. Kujanpää ja J. Perälä.

Sittemmin vuonna 1907 kesällä olikin työväenyhdistyksen perustava kokous Nestori Kitin omistaman torpan huoneissa, jossa silloin oli vuokralaisena Jaakko Teirilä. Tässä kokouksessa valittiin Työväenyhdistyksen johtokunta, johon tulivat N. Reuna, Sylvesteri Niemi, J. Perälä, J. Kujanpää ja O. Saarikoski. N. Reuna valittiin puheenjohtajaksi, kirjuriksi J. Perälä ja rahastonhoitajaksi O. Saarikoski. Näin Perälän T. Y. alkoi toimia. Kokouksia pidettiin Seppälässä,

V. Niemen ja muiden yksityisten luona. Myöhemmin pidettiin iltamat Santeri Laitilan ja L. Alasen talossa.

Kaiken kaikkiaan suunniteltiin omaa taloa, mutta se jäi suunnitelmaksi. Henkilöitä vaihtui työväenyhdistyksessä. Toiset muuttivat pois paikkakunnalta, kuten J. Kujanpää Amerikkaan. Saatiin kuitenkin mukaan toisia jäseniä, joista muodostui Ty:n ydinjoukko. Näistä mainittakoon N. Kulmala, H. Mukkala, N. Haapaniemi, V. Tasanko, V. Seppälä ja Kalle Salo. Vappukulkue järjestettiin ensi kerran vuonna 1908. Siinä oli 5 henkeä J. Kujanpää, N. Väliharju, O. Kaari, Sylvesteri Niemi ja J. Perälä.

Navettamäellä, jonne kulkue eteni, oli jo parikymmentä henkeä. Niin kului aika ja vihdoin 1909 alettiin tehdä Suupohjan rautatietä. joten tuli liikkuvia ratatien työläisiä paikkakunnalle. Tämä antoi rohkaisua suunnitellun talon rakentamiselle. Helmikuun alussa 1910 pidettiin kokouksia Juho Santikon asunnolla. Mukana olivat V. Seppälä, J. Santikko ja E. Salo, jotka lupautuivat tukemaan talon rakentamista. Päätettiin ostaa Myllyniemessä oleva A. Kittilän ja I. Ojanperän omistama iso riihirati1200 markan kauppahinnasta. Tontin saanti tuotti vaikeuksia, mutta sekin saman vuoden helmikuun 13. päivänä tehdyllä kauppakirjalla ostettiin Ludvig Alaselta 500 markan hinnasta. Kauppakirjan työväenyhdistyksen puolesta allekirjoittivat silloinen puheenjohtaja Kalle Salo ja kirjurina toiminut J. Perälä.

Nyt alkoivat talkoot ja rakennushommat, joissa moni työläinen teki parhaansa mutta varsinkin rakennusmestarina toimiva Kalle Salo sekä J. Perälä. Samaan aikaan järjestettiin arpajaiset, jotka pidettiin puolivalmiissa talossa heinäkuussa sama vuonna. Voittoja kertyi noin 2400 markkaa, jolla talo lopullisesti valmistui. Talo tuli maksamaan 7000 markkaa.

Tätä ennen oli puuhattu yhä uudistuvissa eduskuntavaaleissa. Erityisesti J. Perälä, V. Tasanko, H. Haapaniemi ja N. Kulmala olivat ahkeria. Vuonna 1908 pidettiin torpparikokouksia ja lähetettiin Tampereella pidettävään kokoukseen edustajaksi Otto Österberg. Kun talo saatiin valmiiksi, niin toimintakin vilkastui heti. Vuonna 1911 järjestettiin taas arpajaiset, joista voitto oli 1600 markkaa. Huvitoimikunnassa hääräilivät U. Mukkala, Kalle Salo, E. Pöyhönen sekä naisista H. Luomala, H. Syväluoma, L. Perälä ja H. Santikko. Huvitoimikunta toimi vilkkaasti mutta taantui, kun edellä mainitut naiset kuolivat melkein peräkkäin. Työväenyhdistyksen jäsenmäärä vakiintui ja myötätunto kasvoi liikettä kohtaan. Viranomaisetkin antoivat olla melko vapaasti.

Työväenyhdistyksen yhteyteen perustettiin voimisteluseura, joka kasvatti urheilijoita. Samoin Nuoriso-osasto alkoi vuonna 1916 saada vankan jalansijan. Kansalaissodan syttyessä siinä oli lähes 100 jäsentä. Toiminta oli vilkasta. Se julkaisi käsin kirjoitettua lehteä Nyrkki. Sotavuosina alettiin ottaa osaa kunnallisten asioiden käsittelyyn ja määräämiseen. Kansalaisota keskeytti Ty:n toiminnan.

Kansalaissota sai lamaannusta tilapäisesti aikaan, mutta jo joulukuussa 1918 oli väkeä talon suojat täynnä. Seuraavana kesänä rakennettiin lisää ja osittain korjattiin. Korjaus maksoi 24 000 markkaa. Toiminta vilkastui ja joukot tiivistyivät. Huveista huolehtivat edelleen U. Mukkala, E. Itäkallio ym. Kosti Hakala huolehti voimistelusta. Oli huomattavissa nousua nuorison keskuudessa, josta osaltaan riippuu iltamien arvokas ohjelma. Ohjelman hankinnasta huolehtivat U. Mukkala, A. Järvistö, V. ja L. Luomala sekä A. Ahola, E. Ketola ym. Työväenyhdistys säilytti eheän yhtenäisyyden ja toimi työväen parhaaksi. Samaten ovat paikkakunnan vähävaraiset olleet innokkaita ja yksimielisiä sekä nuoret että vanhemmat. Ty. on päässyt vakavaraiseksi, joten tulevaisuus oli taattu. Edelleen aiottiin toimia työväen luokkataistelun rintamassa.

Perälän työväenyhdistys kirjoitti Kalle Salosta

Kirvesmiehen poika Kalle Salo syntyi 1881 ja joutui heti nuorena kirvesmiehen töihin. Hän matkusti USA:han 17-vuotiaana. Hän hakeutui siellä työväen- ja raittiusjärjestöihin. Paluu Suomeen tapahtui vuoden 1908 lopussa.

Kalle liittyi pian Perälän työväenyhdistykseen, jonka puheenjohtajana hän toimi monet vuodet. Hän kuului myös Työväenyhdistyksen talon rakennuslautakuntaan ja oli samalla sen rakennusmestari. Hän järjesti yhdistyksessä arpajaisia ja huvitilaisuuksia. Kalle toimi myös kunnallisissa luottamustehtävissä työläisten valitsemana. Hänet valittiin 1917 kunnallislautakuntaan ja elintarvikelautakuntaan. Myöhemmin hänet valittiin kaksi kertaa Teuvan kunnanvaltuustoon, josta erosi siirryttyään Närpiöön kirjoille. Kalle toimi edelleen osuustoiminnallisten hankkeiden hallinnossa, mm. Suupohjan Kuluttajain Osuusliikkeen hallintoneuvoston jäsenenä. Kalle kävi myös "Närpiön yliopiston" vuonna 1918. Kalle oli edustettuna lukuisissa kokouksissa. Hänet tunnettiin rehellisenä luokkataistelijana, jota kaikki toverit kunnioittivat.

Kalle Salon urasta

Kalle Salon toiminta Osuusliike Suupohjassa kesti 30 vuotta. Viimeinen myymäläneuvoston kokous hänellä oli 8.1.1950. Hän ehti toimia 20 vuotta puheenjohtajana.

Raimo Pihlajan elämäkertakirjoitus Kalle Salosta

Kalle Salo oli vuonna 1919 Perälän Osuuskaupan hallituksen puheenjohtaja, mutta osuuskaupan pitkäaikainen puheenjohtaja Igna Nurmela (1975 - 1945) vannoi puhuessaan Perälän Suojeluskunnan perustamisen ehkäisemisestä: "Se olikin yhteiskunnan kumousta ajavien viimeinen voitto näillä main". Niinpä porvaristo käytti sellaisia menetelmiä Perälän Osuuskaupan vallasta vuonna 1920, että työväestö katsoi yhteistyön mahdottomaksi, marssi ulos kevätkokouksesta ja perusti Kristiinan Kuluttajain Osuuskaupan Perälän myymälän (Osuusliike Suupohja). Kalle Salo toimi sen hallintoneuvostossa pitkään. Hän kulki vuosikymmenet kävellen Viitistä iltaisin tarkastamassa myymälän kassaa.

Varmaan tahtomattaan Kalle Salo joutui toiseksi osapuoleksi tapahtumassa, joka väistämättömästi hajotti Perälän yhtenäisyyden 1920 ja synnytti kaksi kylää omine johtajineen, kulttuureineen ja taloudellisine suuntauksineen. Tämä oli suuri pettymys, koska hän rauhanomaisin, sivistyksellisin ja järjestötoiminallisin keinoin pyrki yhtenäisessä kylässä tasaarvoiseen ja parempaan aikaan.

Kallen äiti kuoli 1924, jolloin oli aika rakentaa talo Viitin tilalle. Perhe muutti sinne 13.3.1925. Koska tila sijaitsi Närpiön alueella, hän ei enää voinut osallistua Teuvan kunnallisiin tehtäviin.

Kalle Salo tunnettiin erinomaisena kirvesmiehenä ja rakentajana. Rakentaminen oli myös hänen pääammattinsa. Tilanhoito jäi enemmän perheen vastuulle. Erikoista Salon rakentamisessa oli se, että hän korjasi monet maavaraiset torpat altapäin, nosti rakennuksen ylös ja laitti siihen useasti myös kivijalan. Yleistä oli vanhojen rakennusten siirtäminen ja rakentaminen kuivista hirsistä.

1932 lakkautettu Perälän Työväenyhdistyksen talo myytiin pakkohuutokaupalla 1934. Selvitysmiehinä olivat Kalle Salo ja nimismies Sipilä. Kalle palasi tähän rakentamaansa taloon kesäkuun 29. päivänä 1947. Silloin pidettiin Perälän Työväenyhdistyksen

40-vuotisjuhla. Juhlapuheen piti Sylvi Kyllikki Kilpi. Tervehdyspuheesta vastasi Kalle Salo, jolle ojennettiin yhdistyksen pienoislippu ansioistaan työväenliikkeessä. Samassa yhteydessä Yleisradio haastatteli Perälän Työväenyhdistyksen veteraaneja Haapaniemeä, Mukkalaa, Saloa ja Saarta. Kalle Salon toiminta Osuusliike Suupohjassa kesti 30 vuotta. Viimeinen myymäläneuvoston kokous hänellä oli 8.1.1950. Hän ehti toimia 20 vuotta puheenjohtajana.

Kalle Salo oli puhe- ja kirjoitustaitoinen. Puhuessaan hän esitti asian lyhyesti ja niin selkeästi, että asia tuli yhdellä kertaa selväksi. Puhujana ja esiintyjänä hän valloitti ja otti hallintaan suuretkin kansanjoukot. Näin tapahtui esim. vuonna 1917.

Kalle Salo kuoli 14.1.1957. Arkisen työn ja perheen lisäksi hänelle oli ominaista politiikka, sivistys, raittius ja ennen kaikkea se, että siitä tuli pysyvä tila ja vankasti perustuksillaan pysyvä.

Perälän työväenyhdistyksen 40-vuotisjuhlis 29.6.1947

Kirvesmiehen poikana, täällä Perälässä syntynyt, isänsä ammatin 100-prosenttisesti perinyt Kalle Salo, on ollut yhdistyksemme toiminnassa mukana vuodesta 1909 lähtien. Jo ennen sitä Salo oli saanut aatteellisia herätteitä Amerikasta, mutta palattuaan sieltä 1908 vuoden lopulla hänen toimintansa alkoi Perälän työväenyhdistyksessä.

Salon osuus tämän talon, jossa tätä juhlaa vietämme, rakentamiseksi paikkakunnalle on ollut aivan ratkaisevaa. Tultuaan valituksi yhdistyksen puheenjohtajaksi vuoden 1910 alussa toiminta alkoi ikään kuin uusin voimin. Talo rakennetaan, arpajaiset pidetään, näytelmiä esitetään ja aina Salo on ollut asiain johdossa. Kokouksisissa puheenjohto ja asioiden alustukset ovat olleet Salon tehtävä. Piirikokousedustajana hän on ollut useita kertoja. Näiden kaikkien päätteeksi Närpiön vankileirillä olo kansalaissotavuotena. Kunnalliset tehtävät ovat olleet hyvin paljon aikaa vieviä ja vaivoja kysyviä. Valtuustossa vuoteen 1925 asti, jolloin Kalle muutti Närpiön asukkaaksi, samaten olo kunnallislautakunnassa samaan ajankohtaan asti. Osuustoiminta, joka on Perälässä kunnioitettavasti huomioitu, on saanut Salosta vankan kannattajan. Niin närpiöläinen kun onkin, niin Osuusliike Suupohjan hallintoneuvoston jäsenyys Perälän myymälän kautta tekee hänestä osittain peräläisen.

Tämä Perälän työväenyhdistyksen pienoislippu toiminnastasi yhdistyksessämme verestäköön niitä muistoja siitä, mitä olet tämän talon seinien sisällä työväenliikkeen hyväksi tehnyt. Kosti Hakalan puhe Kalle Salolle

Teuvan ensimmäiset kunnallisvaalit 1918–1919

Ensimmäiset kunnallisvaalit pidettiin joulukuussa 1918. Sosialidemokraatit saivat 53% kylän äänistä. Kalle Salo valittiin valtuustoon ja kunnallislautakunnan varaesimieheksi. Hän istui kunnanvaltuustossa 1919 – 1921 ja 1923 – 1925, kunnallislautakunnassa sen varaesimiehenä 1919 – 1921. Vuoden 1918 jälkeen hän ei kiinteästi toiminut työväenyhdistyksessä vaan keskittyi kunnallisiin ja osuustoiminallisiin tehtäviin.

Kalle Salo Teuvan ensimmäisessä kunnanvaltuustossa 1919.

Teuvan ensimmäiset kunnanvaltuutetut (1918) SDP:

1. Asseri Ahola
2. Jaakko Ahola
3. Juho Kivilahti
4. Erkki Kuivanmäki
5. Sameli Laine
6. Nikolai Männistö
7. Juho Perälä
8. Viljami Pulli
9. Nikolai Rantala
10. Juuse Rinne
11. Nikolai Saari
12. Kalle Salo

Vuoden 1922 kunnallisvaalit

Näihin aikoihin vaalit pidettiin niin sanottuina listavaaleina. Saman numeron alla saattoi olla useita ehdokkaita. Äänestettiin yhtä ryvästä. Listan ensimmäinen nimi tuli yleensä valituksi. Kalle Salon nimi oli viidessä eri listassa.

Numero 1

Salo, Kalle,	talokas
Männistö, Juho Ivar,	itsellinen
Tuomela, Vihtori,	kirvesmies
Kallio, Matti,	palstatilallinen

Numero 11

Salo, Kalle,	talokas
Lammi, Verner,	työmies
Kivilahti, Juho,	palstatilallinen
Ojalammi, Urho,	työmies
Latvala, Juho,	työmies
Lähdesmäki, Jaakko,	talokas

Numero 12

Salo, Kalle,	talokas
Säntti, Jalmari,	työmies
Kujanpää, Juho,	itsellinen
Kiviluoma, Eemil,	suutari

Numero 13

Salo, Kalle,	talokas
Tuomela, Vihtori,	kirvesmies
Säntti, Hjalmar,	työmies

Numero 14

Salo, Kalle, talokas

Käkelä, Arvid, palstatilallinen

Kiviluoma, Eemil, suutari

Saari, Nikolai, talokas

Teuvan kunnanvaltuustoon valittiin 3 sosialistia Kalle Salo, Juho Männistö ja Verneri Lammi. Tällä kertaa valittiin 9 valtuutettua.

Oikeutta työtätekevälle

Viime perjantai-iltana oli Teuvan työväentalossa kuntaa käsittävä työläisten ja pienviljelijöiden neuvottelukokous. Kun tarpeelliset alkutoimet oli suoritettu, niin esiteltiin tilannekatsaus, jossa tuotiin esiin, kuinka virkamiesten palkkauskysymys johti eduskunnan hajottamiseen ja uusiin vaaleihin. Uudet vaalit olivat isku työtätekevää luokkaa vastaan. Vaalien kautta porvarit lujittavat valta-asemaansa ja maksaa virkaherroille korkeat palkat. Nyt vaaditaan työtätekevien ponnisteluja. Porvariston katalat aikeet on nopeasti ja päättäväisesti lyötävä takaisin. Tämän jälkeen päätettiin perustaa valitsijayhdistys ja sen asiamieheksi valittiin toveri Arvo Säntti.

Ehdokkaiksi asetettiin Juho Perälä, Kalle Salo ja Jalmari Teirilä. Valitsijayhdistyksen tunnukseksi pantiin oikeutta työtätekeville. Esitettiin kyllä muitakin kuten virkaherrojen korkeiden palkkojen alentamisen puolesta, mutta katsottiin, että edellä mainittu sisältää kaikki työtätekevien oikeutetut vaatimukset.

Vaalitoiminnan rahoittaminen

Tästä kysymyksestä virisi koko lailla laaja ja kiintoisa keskustelu. Lausuttiin toivomus, että kaikki työtätekevät ymmärtämyksellä suhtautuisivat vaalitoiminnan rahoittamiseen. Kokous päätti antaa tunnuksen: päivän palkka vaalirahastoon! Tämä velvollisuus ei ole mikään hirvittävä vaikeus, koska sen voi suorittaa useammassa erässä, esim. 5 markkaa viikossa.

Vielä käytiin keskustelua vaalivalistustyön järjestämisestä. Teuvan työtätekevillä on selvä päämäärä: voitto työtätekeville.

Vuoden 1929 eduskuntavaaleista voi tulkita, että Kalle Salosta olisi voinut tulla tietyin ehdoin kansanedustaja. Hänen listaltaan valittiin Juho Perälä eduskuntaan. Jos Juho ei olisi ollut käytettävissä, niin Kalle olisi astunut tilalle. Nyt kävi kuitenkin niin, että eduskunta hajotettiin ja uudet vaalit pidettiin 1930. Vuoden 1930 kesäkuussa Juho Perälä muilutettiin ja lähetettiin Neuvostoliittoon. Hän edusti Sosialistista työväen ja pienviljelijöiden puoluetta eduskunnassa 1928 - 1930. Vuoden 1930 vaaleissa puolue kiellettiin eikä se voinut asettaa eduskuntavaaliehdokkaita.

Vaalilistan kolmas nimi oli Jalmari Teirilä, joka kunnostautui kunnallispolitiikassa.

Sosialistisen valtuustoryhmän toiminta 1919 - 1929

Valtuustotyö oli Teuvan työväenliikkeessä suuressa arvossa. Vaaliagitaatiota tehtiin ahkerasti parhaimman mahdollisen äänestystuloksen saavuttamiseksi. Suuria aatteellisia yhteenottoja ei valtuustossa kuitenkaan nähty huolimatta kommunistien suhteellisen vahvasta edustuksesta, ja siten valtuuston selvästä poliittisesta kahtiajaosta. Kommunistit jäivät päätöksenteossa vähemmistöön ilman sosiaalidemokraattien tukea, mikä luultavasti oli omiaan karsimaan valtuutettujen mahdollista äärivasemmistolaista idealismia. Tärkeimmät ideologiset kiistat käytiin suojeluskunnalle myönnettävistä varoista, joista sosialistiset edustajat olivat jyrkästi eri linjoilla porvareiden kanssa.

Esimerkiksi toukokuussa 1921 Etelä-Pohjanmaan

suojeluskuntapiiri lähetti kirjelmän, jossa pyydettiin kunnanvaltuustolta avustusta palosammutuskurssien järjestämiseksi. Avustus hyväksyttiin äänin 14–11. Päätöksestä esittivät vastalauseensa vasemmistolaiset valtuutetut Kalle Salo, Erkki Kuivasmäki, Asseri Ahola ja Nikolai Saari. Vapaassa Sanassa teuvalaisia houkuteltiin äänestämään suojeluskunnalla pelottelemalla:

> ”Tänä neljänä vuotena on valtio niitä (suojeluskuntia) avustanut lähes 100 miljoonalla markalla. Sitä paitsi ovat useat kunnat avustaneet suojeluskuntia. Tosin ei täällä Teuvalla, mutta jos nyt yksikin edustajapaikka hävitään, niin silloin varmasti työläisten hiellä ja työllä ansaitsemia varoja käytetään myöskin suojeluskunnille, jonka elämä ja olemassaolo on näyttäytynyt niin turhaksi ja järjettömäksi yritykseksi kuin olla saattaa”.

Joulukuussa 1923 Teuvan suojeluskunnalle myönnettiin 5000 markan avustus vuodelle 1924 äänestystuloksella 17 puolesta ja 7 vastaan. Porvarien määräenemmistö takasi sen, että suojeluskunnat saivat haluamansa. Perälä̈läinen Kalle Salo teki äänestyksestä tyypilliseen tapaan vastalauseen sillä perusteella, että avustusta koskeva anomus ei ollut julkaistu kuulutuksessa.

Yleensä valtuustotyö oli luonteeltaan käytännönläheistä, eikä sosialististen valtuutettujen harjoittama politiikka välttämättä paljonkaan eronnut porvareiden vastaavasta. Valtuutettujen esityksiin vaikutti usein korostetusti paikallisuus, "kyläulottuvuus", jopa enemmän kuin puoluekanta. Teuvalaiset toki kantoivat valtuutettujen "luokkavalppaudesta" huolta Vapaan Sanan sivuilla:

> "Kun kunnanvaltuusto käy taksoituslautakuntia valitsemaan, tulee niiden silmällä pitää sitä, että työväenedustajat, jotka tulevat valituiksi ovat luokkatietoisia. Porvaristo kyllä pitää huolta siitä, että työväen niskoille tulee hirvittävät verotaakat (...) Tämän tekee porvari siinä tietoisuudessa, että työläistä on silloin helppo hallita, kun se on taloudellisesti sidottu isäntäänsä. Porvari pelkää kaikkein pahiten, että työläiset vapautuisivat taloudellisesta holhouksen alaisuudesta. Silloin työväellä olisi yhä paremmat valtit kädessään."

Valtuutetut pyrkivät vaikuttamaan ennen kaikkea oman kylänsä hyvinvointiin, kuten esimerkiksi monivuotinen norinkyläläinen kommunistivaltuutettu, talollinen Juho Kivilahti, joka esitti tammikuussa 1929 koulun rakentamista Norinkylän Hirvelänpäähän. Erillisistä kysymyksistä työväen edustajat kokivat tärkeäksi raittiuskysymyksen. Työväenjärjestöjen edustajisto anoi muun muassa joulukuussa 1922 tuhatta markkaa raittiustyön edistämiseksi. Anomus ei kuitenkaan mennyt läpi.

Kommunistisen puolueen johdon ajatus, että kunnanvaltuustot olisivat lähinnä luokkataistelun täyttämiä agitaatiopaikkoja, joissa porvarillisen kansanvallan petollisuus paljastettaisiin, ei ainakaan sopuisien kokouspöytäkirjojen mukaan Teuvalla käytännössä toteutunut. Valtuuston ulkopuolisella painostuksella, muutamilla "työväen kokouksilla", yritettiin tosin 1920–1930-luvun vaihteessa vaikuttaa siihen, että kunnanvaltuutettujen ja muiden luottamustehtävissä olevien toiminta olisi muistuttanut enemmän "luokkataistelutoimintaa". Käytännön vaikutuksia ei painostuksella kuitenkaan ehtinyt olla, sillä lapuanliike tuli väliin.

Toni Viljanmaan pro gradu, Tampere 2000

Juho Perälä (24.8.1887 - 20.1.1938, Karhumäki, N-liitto)

Juho Sylvester Perälä oli maanviljelijä ja sosialistisen työväen ja pienviljelijöiden eduskuntaryhmän kansaedustaja 1928 - 1930. Hän syntyi Perälässä. Hänen vanhempiensa nimet olivat Juho Perälä ja Johanna Sofia Mikontytär. Juho kävi kansakoulun ja toimi maanviljelijänä Teuvalla vuoteen 1930 asti. Hän oli SDP:n jäsen vuodesta 1907 ja Suomen sosialistisen työväenpuolueen jäsen 1921 - 1923. Vuonna 1925 Perälästä tuli SKP:n jäsen. Hän edusti Vaasan läänin eteläistä vaalipiiriä eduskunnassa 1928 - 1930.

Lapuan liikkeen edustajat sieppasivat Perälän 19.6.1930 ja muiluttivat hänet Neuvostoliittoon, jossa hän lähti ensin Toivo Antikaisen mukana Leningradiin ja sieltä edelleen Petroskoihin. Edvard Gyllingin suosituksella hänet lähetettiin Sunun valtiontilalle tallinhoitajaksi. Perälä toimi Sunun tilan poliittisena ohjaajana 1933 ja Tunkuan ohjaajana 1934 -1935. Hänet erotettiin puolueesta ja tehtävistään Kontupohjan piirikomitean päätöksellä 19.11.1935 puolueen puhdistuksen yhteydessä. Perälä vangittiin 10.12.1937 vastavallankumouksellisesta kansalliskiihkoisesta toiminnasta syytettynä. Hänet tuomittiin kuolemaan ja teloitettiin ampumalla 20.1.1938 Karhumäen lähistöllä. Perälän maine palautettiin 1956.

Perälä oli naimisissa Elsa Eulaalia Salmelan kanssa. Heillä oli neljä poikaa ja kaksi tytärtä. Yksi pojista jäi asumaan Suomeen isovanhempiensa luokse. Vaimo, tyttäret ja yksi poika toimitettiin takaisin Suomeen isän vangitsemisen jälkeen, sillä heillä ei ollut Neuvostoliiton passia.

Muilutuksia

Kun Juho Perälä oli muilutettu ja ajettu 11 auton voimin itärajalle, niin sen jälkeen uhkailtiin muitakin aktiiveja vasemmistolaisia muilutuksella. Listalta löytyi esim. Perälän työväenyhdistyksen jäseniä. Kalle Salon saattoi pelastaa se, että hän oli muuttanut Närpiöön eikä osallistunut enää aktiivisesti kunnallispolitiikkaan. Sosialistien kunnanvaltuutetut kokivat kovia vuonna 1930. Teuvan kunnanvaltuuston kokouksessa 5. päivänä elokuuta 1930 päätettiin yksimielisesti kehottaa kaikkia kommunisteja eroamaan kunnallisista luottamustehtävistä. Kommunistivaltuutettujen piti toimittaa valtuuston puheenjohtajalle Herman Hakalalle joko kirjallinen tai suullinen eroanomus. Syyskuun 30. päivänä pidetyssä valtuuston kokouksessa myönnettiin lopulta ero Jalmari Teirilälle, Asseri Aholalle ja Nikolai Saarelle. Jaakko Aholan ja Kosti Hakalan valtuustosta eroamisesta ei löydy valtuuston pöytäkirjoista mainintaa. Kokouksissa he eivät kuitenkaan käyneet. Teuvalla vaalilautakunta poisti äänioikeuden 500 - 600 kommunisteina pitämiltään kuntalaisilta.

Teuvalaiset kommunistit saivat maanpetostuomioita eri määrin. Arvo Säntti tuomittiin 20.1.1930 Tammisaaren pakkotyölaitokseen 3 vuodeksi ja 6 kuukaudeksi. Aleksi Rinne sai Tammisaaren tuomion 2 vuodeksi ja 6 kuukaudeksi. Lisäksi 9 muuta jäsentä sai tuomiot Tammisaareen sekä menettämään kansalaisluottamuksen.

Samoihin aikoihin Kalle Salo harrasti pienimuotoisesti kunnallispolitiikkaa Närpiössä. Hän ajoi Viitin kouluasioita sekä istui Bölen edustajana verotuslautakunnassa Närpiössä.

Perälän työväenyhdistystä koeteltiin muutenkin. Työväentalo suljettiin vuonna 1930. Se myytiin kuitenkin vasta vuonna 1934 pakkohuutokaupassa yksityishenkilölle. Hän lahjoitti sen edelleen lestadiolaisille. Vuonna 1932 kiellettiin myös Perälän työväen voimistelu- ja urheiluseura Veikot.

Näyttelemistä

Kalle Salon tiedetään harrastaneen teatteria. Tietoa ei ole, kuinka kauan Kallen harrastus kesti. Perälässä harrastettiin teatteria aina 1930-luvun alkuun. Uljas Mukkala kertoo *Työn Ääni* -lehden haastattelussa teatteriharrastuksesta:

> ”Yhdistyksen huvitoimikunta on laitos, joka vastaa tarkoitustaan ja järjestää vaikuttavasti koko huvipuolen eli iltamat, juhlat ja muut tapahtumat. Se on samalla näyttämötoiminnan ylin valvoja. Näyttämötoiminnalla on pitkä kehitys takanaan ja saavutukset ovat osoittaneet kauniita tuloksia. Merkittävimpiä esityksiä ovat olleet: *Sillankorvan emäntä, Sylvi, Isä, Nuori Luotsi, Miehen kylkiluu, Vihtahousu, Määränpäässä, Pappi pulassa, Pappilan rakastelijat* ja näiden rinnalla kymmeniä pienempiä kappaleita.
>
> Haastatteluhetkellä harjoiteltiin kuuluisaa näytelmää *Korpivirroilta*, joka on räiskyvä älykäs työväen näytelmä. Sen jälkeen esitetään uusintana *Pappilan rakastelijat* yleisön pyynnöstä, koska ihmiset

mielistyivät siihen. Sen ymmärtää. Siinä saa nähdä kivoja tyyppejä.

Nuoret eivät olleet kiinnostuneita näyttämötoiminnasta."

Työn Ääni, 30.10.1929

Närpiön Luoman piirin yksityisen suomenkielisen supistetun kansakoulu

Närpiön Luoman piirin yksityisen suomenkielisen supistetun kansakoulun oppilasluettelo vuosina 1928–1958.

Närpiössä kirjoilla olleet (yht. 21 oppilasta):

Nimi	Synt.	Luokka	Vanhemmat
Aho, Vilho	1922	alak	Johannes ja Lempi Aho, mv.
Koivisto, Aino	1922	alak	Leander ja Laina Koivisto, mv.
Myllyniemi, Taimi	1914	IV	Herman ja Hilda Myllyniemi, nahkur
Myllyniemi, Veikko	1918	alak	Herman ja Hilda Myllyniemi, nahkur
Myllyniemi, Eeva	1921	alak	Herman ja Hilda Myllyniemi, nahkur
Mäkelä, Sanni	1916	I	Matti ja Amanda Mäkelä, mv.
Rosenlöv, Elma	1916	II	Johan ja Elma Rosenlöv, työläinen
Rosenlöv, Maria	1917	I	Johan ja Elma Rosenlöv, työläinen
Rosenlöv, Vieno	1919	I	Johan ja Elma Rosenlöv, työläinen
Rosenlöv, Bärtta	1921	alak	Johan ja Elma Rosenlöv, työläinen
Salo, Aate	1915	II	Kalle ja Maria Salo, puuseppä, mv.
Salo, Elmi	1919	I	Kalle ja Maria Salo, puuseppä, mv.
Salo, Arvi	1922	alak	Kalle ja Maria Salo, puuseppä, mv.
Saarenpää, Kari	1914	III	Eeli ja Lilja Saarenpää, mv.
Saarenpää, Sulo	1916	I	Eeli ja Lilja Saarenpää, mv.
Saarenpää, Rauno	1921	alak	Eeli ja Lilja Saarenpää, mv.
Saarenpää, Armas	1921	IV	Eeli ja Lilja Saarenpää, mv.
Vainiola, Asser	1913	alak	Edvard ja Alina Vainiola, mv.
Vainiola, Lauri	1913	III	Edvard ja Alina Vainiola, mv.
Vainiola, Saara	1920	alak	Edvard ja Alina Vainiola, mv.
Vainiola, Salli	1922	alak	Edvard ja Alina Vainiola, mv.

Teuvalla kirjoilla olleet (yht. 14 oppilasta)

Aivan kaikki ilmoittautuneet eivät kuitenkaan aloittaneet koulua, vaan osa jäi pois.

Supistettu kansakoulu

Koska täydellistä kansakoulua ei harvaan asutussa maassamme voitu perustaa kaikkiin syrjäkyliin, mutta haluttiin kansakoulujen leviävän syrjäisimpiinkin

Nimi	Synt.	Luokka	Vanhemmat
Aho, Niilo	1922	alak	Iivari ja Senja Aho, suutari, mv.
Haapaniemi, Aili	1915	IV	Vihtori ja Hulda Haapaniemi, mv
Haapaniemi, Sanni	1918	III	Vihtori ja Hulda Haapaniemi, mv
Koivisto, Raakel	1914	III	Antti ja Eedla Koivisto, mv.
Mansikkaniemi, Anni	1916	III	Mikael ja Ottiilia Mansikkaniemi,
Nevala, Inkeri	1917	II	Matti ja Maria Nevala, työmies
Nevala, Ilmi	1920	alak	Matti ja Maria Nevala, työmies
Rintahaka, Sanelma	1918	II	Uljas ja Senja Rintahaka, työmies
Rintahaka, Merja	1922	alak	Uljas ja Senja Rintahaka, työmies
Sorila, Rauni	1920	alak	Viljam ja Maria Sorila, työmies
Salo, Elma	1914	IV	Kalle ja Maria Salo, puuseppä
Tasanko, Eero	1915	III	Sylvester ja Hilma Tasanko, mv.
Tasanko, Sylvia	1917	II	Sylvester ja Hilma Tasanko, mv.
Tasanko, Anni	1919	I	Sylvester ja Hilma Tasanko, mv.

kolkkiin, luotiin vaatimattomampi koulumuoto eli ns. supistettu kansakoulu. Eduskunnan vuonna 1920 hyväksymässä oppivelvollisuuslaissa supistettu kansakoulu mainittiin olosuhteiden aiheuttamana lievennyksenä yleisestä oppivalvollisuudesta. Vaikuttavia tekijöitä olivat koulupiirin laajuus ja asukastiheys. Kansakoulu muuttui supistetuksi kansakouluksi, mikäli sen oppilasmäärä laski alle 30:n.

Supistettu kansakoulu toimi yleensä yläkansakouluopettajan opetuksessa niin, että 12 viikkoa opetusajasta opetettiin ensimmäistä ja toista vuosiluokkaa ja 28 viikkoa kolmatta ja neljättä luokkaa. Näin ollen supistetussa kansakoulussa myös yläkansakoululuokkien opetus kärsi. Olihan lukuvuoden pituus kahdeksan viikkoa lyhyempi kuin tavallisessa kansakoulussa. Alaluokkien opetus sijoittui yleensä syyslukukauden alkuun ja kevätlukukauden loppuun.

Opettajat

Luoman supistettu yksityinen kansakoulu aloitti toimintansa täten vuonna 1928 Vainiolan talossa. Siitä tuli kuitenkin vuonna 1933 Närpiön kunnan koulu, jolloin nimi muutettiin Viitin kouluksi. Ensimmäisenä opettajana toimi Fanny Koskimaa. Vuonna 1928 kesällä valittiin virkaan Tyyne Hartell (Syren). Hänen nimissään toimi oli 1928 – 1934. Viransijaisina olivat Eine Sariola, Eino Hartell ja Inkeri Lahti. Kesällä 1934 valittiin opettajaksi Kerttu Panula (Torvelainen), joka hoiti virkaa koulun lopettamiseen asti vuoteen 1968. Oma koulu rakennettiin 1949. Se rakennettiin Teuvan ja Närpiön yhteiseksi kouluksi, josta Teuvan osuus oli 40% ja Närpiön 60%. Uuden koulun vihkiäiset pidettiin adventtisunnuntaina 1949. Koulu sai toisen opettajan viran. Siihen valittiin Armas Panula.

Alkua

Vainiolan vintille kokoontui tammikuun 14. päivänä 1928 varmaankin 7 iloista miestä, kun kouluhallitus oli ilmoittanut hyväksyneensä Närpiön Luomanpiirin yksityisen suomalaisen kansakoulun alkamisen. Vintillä perustettiin kannatusyhdistys. Pöytäkirja kertoo, että kannatusyhdistys perustettiin kansakouluopetuksen tarpeen tyydyttämiseksi Närpiön Luomanpiirin suomenkielisiä lapsia varten. Hyväksyttiin myös yhdistyksen säännöt, jotka valtioneuvoston sosiaalivirasto oli hyväksynyt.

Yhdistykselle valittiin hallitus. Kalle Salosta tuli puheenjohtaja, Edvard Vainiolasta varapuheenjohtaja, rahastonhoitaja ja taloudenhoitaja. Muita jäseniä olivat David Lahtinen, Leander Koivisto, Hugo Vainio, Vilho Kohtala ja Sylvesteri Harju.

Hallitus sai heti toimeksiantona aloittaa koulun toiminta aivan ensi tilassa. Se vuokrasi talollinen Edvard Vainiolalta kouluhuoneiston. Opettajaa varten vuokrattiin asunto Sylvesteri Harjulta. Opettajaksi valittiin rouva Fanny Maria Koskimaa Töysästä ja poikain käsitöiden ohjaajaksi talollisen poika Martti Mansikkaniemi.

Koulun ensimmäinen lukukausi avattiin tammikuun 24. päivänä 1928. Oppilaita ilmoittautui 32, joista Närpiön puolelta alakouluun 8 ja yläkouluun 11. Teuvan puolelta alakoulun aloitti 4 ja yläkoulun 9. Lukukausi päättyi heinäkuun 11. päivänä 1928. Lapset ja vanhemmat olivat hyvin tyytyväisiä.

Vaikeuksia

Ilman ongelmia koulu ei päässyt toimimaan. Joitakin enemmistön ennakkoluuloja esiintyi sekä taloushuolia. Maaliskuun 11. päivänä 1929 pöytäkirja kertoo tunnelmista:

> ”Koulupiirimme suomalainen väestö on kaikin puolin mielihyvällä suhtautunut koulun olemassaoloon. Sitävastoin kuntamme ruotsalainen johtava väestö on ollut vastenmielinen asiassamme. Onpa niistä lähtenyt retkikuntakin tänne helmikuun 11. päivänä 1929 aina nimismieskin mukana löytääkseen semmoisen syyn, jolla ehkäistä jatkuva toiminta koulumme asioissa ja sen jatkumisessa.
>
> Myöskään kouluhallituksen lähettämiin kaavakkeisiin koskien koulumenoja ja oppilaslukuja Närpiön kunnassa ei kunnan

asiainhoitaja H. J. Skrifvars suostunut antamaan, vaikka sitä pyydettäessä joulukuun 19. päivänä oli pätevä kielenkääntäjä käytettävissä. Skrifvars vaati ruotsalaisia kaavakkeita.

Varojen saamiseksi koulumenoja varten on kansakoulun hallitus anomuksilla menoarvioon perustuen saanut valtioneuvostolta kouluhallituksen myöntämänä määrärahoja yksityisiä kouluja varten. Talous oli täten saatu tasapainoon ainakin vuodeksi 1929.

Sen sijaan rahaa ei näytä tulleen Närpiön kunnalta. Kannatusyhdistyksen jättämä koulun avustusanomus Närpiön kunnanvaltuustolle kuluneen vuoden aikana eli vuonna 1930 on tullut vielä vain hylätyksi lopullisesti maaherran päätöksellä.

Samassa pöytäkirjassa todetaan edelleen, että koulun ja oppilaiden tarkastamiseksi ei ole käynyt piiritarkastajaa. Varojen saamiseksi koulun menoja varten on edelleen tehdyillä anomuksilla saatu varoja valtioneuvostolta eduskunnan myöntämistä ylimääräisistä varoista yksityisiä

> kouluja varten, joten koulumme toiminta onkin aivan niiden tukien varassa."

Ruotsalaiset virkamiehet näyttivät suhtautuvan kielteisesti suomenkieliseen kouluun, suomalaiset pääkaupunkiseudun virkamiehet myönteisesti.

Toimintakertomus vuodelta 1931

Kannatusyhdistykseen ovat edelleen kuuluneet David Lahtinen, Artturi Lahtinen, Edvard Vainiola, Ellen Vainiola, Leander Koivisto, Herman Ylisorvari, Vilho Kohtala, Kalle Salo, Maria Salo, Tyyne Hartell ja Lilja Saarenpää. Koulu on toiminut edelleen vuokrahuoneessa Edvard Vainiolan talossa opettajana Tyyne Hartell. Virkaa tekevänä lokakuun 1. päivästä joulukuun 31. päivään 1931 oli Kerttu Hellin Torvelainen.

Kevätlukukausi alkoi tammikuun 12. päivänä ja päättyi 7. päivänä toukokuuta. Syyslukukausi alkoi 10. päivänä elokuuta ja päättyi 21. päivänä joulukuuta. Oppilaita on ollut kevätlukukaudella 31 ja syyslukukaudella 30. Piiritarkastaja ei ole käynyt.

Koulun toiminnassa ei ole kuluneena vuonna ilmennyt mitään huomattavampaa. Kunnasta ei ole pyydetty avustusta, koska pyyntömme on vielä valitustiellä Kannatusyhdistyksen toiminta ja koulun olemassaolo on pääasiassa valtion tuen varassa. Valtiolta olemme jatkuvasti saaneet varoja anomusten kautta, jotka opettaja S. Lipasti on edelleen laatinut.

Toimintakertomus ja pöytäkirja 1932

Kannatusyhdistykseen kuuluivat samat henkilöt kuin edellisenä vuonna. Johtokuntaan oli valittu puheenjohtajaksi Kalle Salo, varapuheenjohtajaksi, kirjuriksi, rahastonhoitajaksi ja taloudenhoitajaksi Edvard Vainiola.Muiksi jäseniksi valittiin David Lahtinen, Herman Ylisorvari, Leander Koivisto, Vilho Kohtala ja Artturi Lahtinen.

Tilintarkastajiksi opettaja S. Lipasti ja Auno Tasanko, varalle Valentin Koivisto ja Reino Lahtinen.

Opettajina ovat olleet syyslukukaudella Tyyne Hartell, kevätlukukaudella Eine Sariola ja poikain käsitöitä on ohjannut David Lahtinen.

Pahoinpitelyepäilyjä

Johtokunta (*pj.*) (Kalle Salo, Edvard Vainiola, David Lahtinen, Herman Ylisorvari ja Vilho Kohtala) oli saanut 12. maaliskuuta 1932 ilmoituksen oppilaan pahoinpitelystä. Johtokunnan tietoon oli ilmoitettu, että koulun oppilasta Niilo Norpakkaa opettaja on rangaissut yli säädettyjen rajojen perjantaina maaliskuun 10. päivänä. Tämän johdosta johtokunta asian kuultuaan kutsui kokoukseen kuulustelua varten opettaja Eino Hartellin ja Niilo Norpakan sekä hänen isänsä Lauri Norpakan. Todistajina olivat kuultavina Elma Salo ja Vihtori Seppälä.

Ensin tiedusteltiin asiaa Niilo Norpakalta. Kysyttäessä häneltä, onko opettaja rankaissut sinua edellä mainittuna päivänä, Niilo vastasi myöntävästi. Kysyttäessä syytä hän vastasi läksyjen vuoksi. Miten häntä rankaistiin? Raipoilla lyömällä. Kuinka monta kertaa lyötiin? Kaksi kertaa paljaalle takapuolelle. Minkälaisia raippoja käytettiin? Koivun vitsoja. Miten saatiin vitsat? Opettajan määräyksestä hain ne itse metsästä. Mitä sitten seurasi? Opettaja toi raipat ylös. Opettaja haki sen jälkeen Niilon ylös vinttiin. Käskettiin riisua kengät ja housut yltä, minkä jälkeen lyötiin kaksi kertaa. Sitten opettaja käski mennä kotiin lukemaan. Jos tästä ei ole apua, rangaistaan enemmän. Etkö sinä pyytänyt anteeksi opettajalta käytöstäsi ennen piiskausta? Kyllä pyysin, mutta ei siitä ollut apua. Oletko näyttänyt naarmuja kenellekään? Hän ei ollut näyttänyt kuin isälle ja äidille. Etkä Rauni Sorilalle ole näyttänyt. En, vaan on se nähnyt, kun olen ollut käymälässä. Miksi et heti kertonut tapahtuneesta kotonasi? En kertonut, koska häpesin sitä. Sinun kanssasi olisi pitänyt mennä lääkärin tarkastettavaksi. En ole sitä tahtonut eikä äiti. Isä on siitä vähän puhunut. Näkyykö vielä naarmut? Ei enää näy. Oletko sinä nykyisin muuten totellut? Toiset oppilaat kantelevat minusta kaikenlaista. Onko opettaja sinulle hyvä, kun ei ole asioissa mitään pahaa? Kyllä, se on hyvä jos on pahakin ja opettaa oikein hyvin. Aikoi tulla kouluun.

Seuraavaksi keskusteltiin asiasta opettaja Eino Hartellin kanssa. Opettaja selosti ensin asiaa. Opettaja Tyyne Hartellin antaman tiedotuksen mukaan oppilas Niilo Norpakasta tulet vielä saamaan paljon kiusaa ja harmia, sillä hänellä on kaikenlaista ilkeyttä, laiskuutta ja tottelemattomuutta sekä edistys huonoa. Tämän jälkeen opettaja siirtyi asiaan. Niilo jäi ennen mainittuna päivänä kouluajan jälkeen luokkaan lukemaan läksyjään. Opettaja kertoi itse menneensä ylös huoneeseensa. Hän tuli 15 minuutin kuluttua alas puita hakemaan ja käski Niiloa mukaansa ja antoi hänelle pienen tehtävän. Menin hänen kanssaan puuhuoneen eteen. Sitten käskin Niiloa ottamaan hyvät vitsat. Niilo meni ja tuli vitsat kädessään. Panin ne puukorin päälle. Sitten läksimme vinttiin, jossa panin rankaisun käytäntöön. Käskin ottaa vaatteet päältä paitsi ei paitaa, villapaitaa eikä liiviä. Sanoin hänelle, että kun olin poikakodin opettajana Helsingissä, niin siellä riisuttiin oppilas aivan samalla tavalla. Sitten poikakodin johtaja kahden opettajan läsnä ollessa rankaisi oppilasta. Sinulle tulen tekemään samalla tavalla, ellet paranna tapojasi ja rupea lukemaan läksyjä. Niilo pyysi anteeksi ja lupasi parantaa tapansa, puki ja sai poistua. Opettaja sanoi, ettei hän rankaissut Niiloa. Uhkaillut kyllä olen ja siihen on oikeus pelotukseksi. Opettaja vaati lääkärintarkastusta vammojen todentamiseksi ja todistettavaksi, mistä vammat ovat tulleet. Opettaja sai poistua.

Todistajana kuultiin Elma Saloa. Hän kertoi opettajan sanoneen, että hän riisutti Niilon kengät, sukat ja housut sekä uhkasi, että hän tulee vielä Niiloa rankaisemaan ja se sen tarvitsisi. Elma ei sanonut enempää tietävänsä, joten hän sai poistua.

Vielä kuultiin todistajana Vihtori Seppälää. Seppälä sanoi, että Elma Salo nauroi ja sanoi Rikkart Ojalan pojalle Einolle sekä Vihtori Seppälän vaimolle Selmalle, että Niiloa on piiskattu. Hän sanoi Rauni Sorilan myös kertoneen, että Niilon leuasta on puserrettu ja että Niilon on ollut vaikeata mennä kouluun. Kyseessä olevan rangaistuksen jälkeen ei tiennyt muuta. Vihtori sai poistua.

Sitten kutsuttiin sisään Lauri Norpakka, Niilon isä. Kysymykseen, eikö Norpakka ole vienyt Niiloa lääkäriin tarkastettavaksi, hän vastasi, ettei vienyt, koska ei saanut heti tietää, mistä oli jo kulunut 5 päivää eikä siitä enää saa selvää. Hän sanoi panneensa asian kouluhallitukseen poliisin välityksellä. Hän lupasi ottaa asian lääkärintarkastukseen ensi tilassa. Hän sanoi, että Vainiolan ja Saarenpään lapset tietävät kertoa, miten Niiloa on uhattu ennen kyseessä olevaa tapausta. Isä ei luvannut panna poikaansa kouluun, ennen kuin asia on selvä. Lauri Norpakka sanoi, ettei ole mitään muistuttamista johtokuntaa ja sen kuulustelua vastaan. Hän pyysi pöytäkirjan jäljennöstä, joka luvattiin. Sen jälkeen hän poistui.

Johtokunta ei katsonut voivansa tehdä mitään lopullista päätöstä, koska ei ollut toimitettu asian johdosta lääkärintarkastusta. Mitä todisteista ilmeni, ne olivat sen laatuisia, jotka opettaja Hartell sanoi itse tehneensä. Näin ollen asia jäi kantajan puolelta lisätodistusten ja lääkärinlausuntojen varaan, mistä tiedoksi Lauri Norpakalle. Sen jälkeen asia antaa aihetta tehdä ilmoitus piiritarkastajalle. Pöytäkirjan jäljennös annetaan.

Pöytäkirja luettu ja tarkastettu 20.3.1933

David Lahtinen, Vilho Kohtala, Edvard Vainiola, Herman Ylisorvari

pj. Kalle Salo

Siirtyminen Närpiön kunnalliseksi kansakouluksi 1933

Närpiön Luoman yksityisen suomalaisen kansakoulun johtokunnan viimeinen kokous pidettiin kesäkuun 6. päivänä 1933. Kun Närpiön kunnan viranomaiset ovat käyneet yksityisellä koulullamme ilmoittamassa, että Närpiön kunta ottaisi koulumme kunnan huostaan ensi elokuun 1. päivästä alkaen, niin tämän johdosta johtokunta asiasta keskusteltuaan oli yksimielinen siitä, että kunnan toiminta on ajan vaatimaa eikä johtokunta toistaiseksi muodosta asiasta muuta kantaa kuin jää asiassa odottavalle kannalle. Yksityisen koulun alkamisesta ensi lukuvuoden alussa johtokunta jää niin ikään odottavalle kannalle.

Kunnan viranomaisten takuita oli tiedusteltava siitä, millä ehdoilla kannatusyhdistys luovuttaisi koulun kaluston, havaintovälineet ja kirjat kunnalle. Johtokunta oli tehnyt laskelman koulun omaisuuslaskelman mukaan, ja se oli kohonnut 18376 markkaan. Johtokunta teki ensinnäkin päätöksen, ettei omaisuutta lainata, vaan joko luovutetaan se kunnalle suoraan myymisen kautta tai sitten myytäisiin jollekin vasta perustetulle yksityiselle koululle. Alin myyntiprosentti olisi vähintään 60% tavaran ostohinnasta.

Johtokunnan mielestä olisi kannatusyhdistyksen sääntöihin tehtävä pienehköjä muutoksia. Johtokunta päätti kokoontua uudestaan jo neljän päivän kuluttua.

Marcus Wenman tulee kuvioihin mukaan 14.8.1933

Nyt kokoontui Närpiön kunnan Luoman suomalaisen supistetun kansakoulun johtokunta, joka piti luultavasti ensimmäisen kokouksensa ja jossa oli läsnä Närpiön kunnan valitsema edustaja. Hän oli Marcus Wenman. Johtokuntaan kuuluivat tällöin Kalle Salo, Herman Ylisorvari, David Lahtinen ja Edvard Vainiola.

Otettiin koulu ja opettajan huoneen vuokra käsiteltäväksi. Vuokra sovittiin E. Vainiolan kanssa yhdeksi lukuvuodeksi 150 mk kouluhuoneesta ja 150 mk opettajan huoneesta eli yhteensä 300 mk kuukaudessa.

Polttopuiden hankkiminen koululle ja opettajalle. Päätettiin huutokaupalla ostaa 18 kuutiometriä ensiluokkaisia koivuhalkoja ja 20 kuutiometriä sekahalkoja. Halot tulee olla kuivia viime keväänä hakattuja. Huutokauppa päätettiin pitää 18. päivänä elokuuta kello 8 illalla kansakoululla, jossa myös samassa tilaisuudessa myydään puiden pilkkominen sekä kouluhuoneen lämmitys ja siivous.

Otettiin keskustelun alaiseksi koulukaluston palovakuutuksen ottaminen ja päätettiin siitä tiedustella kunnalta, ottaako kunta niihin vakuutuksen samaan vakuutusyhtiöön, jossa kunnan toisten koulujen vakuutukset ovat.

Otettiin keskustelun alaiseksi käsityönopettajan toimi yllä sanotulla koululla. David Lahtinen lupautui ottamaan viran vastaan, minkä johtokunta hyväksyi lain mukaisilla palkkaeduilla. Käsityöt tehdään omissa huoneistoissaan ilman muuta korvausta.

Taloudenhoitajan palkan määrääminen jätettiin kunnan viranomaisten päätettäväksi. Koulun alkaminen päätettiin ilmoittaa alkavaksi 15. päivänä elokuuta 1933.

Tyyne Hartellin ero 20.8.1933

Kun koulu siirtyi Närpiön kunnalliseksi kouluksi, niin saman tien lähti opettaja Tyyne Hartell. Luettiin opettaja Hartellin jättämä eroanomus, jossa hän pyytää virastaan eroa opettajatoimestaan Närpiön Luomanpiirin yksityisen suomalaisen kansakoulun opettajatoimesta. Mainittu koulu on nyt Närpiön kunnallinen koulu. Opettaja Tyyne Hartellin virkaeroa koskevaan asiaan johtokunta yksimielisenä yhtyi.

Että elokuun 15. päivänä alkavassa koulunpidossa ei tulisi kesketystä, opettaja Hartell on hankkinut tilalleen opettajatar Inger Irene Lahden ja samalla ehdottaa häntä valittavaksi koulumme väliaikaiseksi opettajaksi. Johtokunta luettuaan opettajatar Lahden opettajan tointa koskevat asiakirjat, kelpoisuustodistukset ja todistusjäljennökset valitsi yksimielisesti väliaikaiseksi opettajaksi Inger Irene Lahden lukuvuodeksi 1933–1934 asetuksen mukaisilla palkkaeduilla ja ehdotti piiritarkastajaa hyväksymään valinnan tai määrätä virka väliaikaisena haettavaksi tai jos olemme menetelleet voimassa olevaa asetusta vastaan.

Toimintakertomus vuonna 1933

Kyseisestä toimintakertomuksesta voidaan lukea mm., että vuoden 1933 kevätlukukausi alkoi 10. päivänä tammikuuta ja päättyi 3. päivänä kesäkuuta. Oppilaita oli 20.

Syyslukukausi alkoi kunnallisena kouluna 14. päivänä elokuuta 1933. Oppilaita oli 18. Tämän jälkeen on koulun hoitaminen ja sen asiat jääneet Närpiön kunnalle ja kunnanvaltuuston valitsemalle johtokunnalle. Kannatusyhdistys on tämän jälkeen myynyt koulun hallussa olleen omaisuuden Närpiön kunnalle 10000 mk:n hinnasta, mikä katsottiin edullisemmaksi, koska kaluston ym. hinnat nykyisten hintojen mukaan ovat huomattavasti entisestä alentuneet. Kunta suorittaa maksun vuoden 1933 lopussa.

Kannatusyhdistys

Yksityinen koulu tarvitsee aina kannatusyhdistyksen. Niin nytkin. Vainiolan talossa pidettiin perustava kokous tammikuun 14. päivänä 1928. Paikalla olivat Edvard Vainiola, Kalle Salo, David Lahtinen, Leander Koivisto, Elle Vainiola, Vilho Kohtala ja Hilma Lahtinen. Puheenjohtajaksi valittiin talollinen Kalle Salo ja pöytäkirjan kirjoittajaksi S. Lipasti, joka itsekin oli opettaja ja auttoi paljossa kouluun liittyvissä asioissa.

Kun Närpiön kunnan Luoman seudun suomalaiset eivät ole saaneet heidän lapsilleen äidinkielellään kansakouluopetusta, päätettiin yksimielisesti asiasta keskusteltua perustaa *Närpiön Luoman piirin yksityisen suomenkielisen kansakoulun kannatusyhdistys*-niminen seura, jonka tarkoituksena on suomalaisuuden säilyttäminen paikkakunnalla, suomalaisen kansakoulun perustaminen ja kannattaminen, kaikilla luvallisilla keinoilla varojen hankkiminen mainittua kansakoulua varten, iltamien ja juhlien pitäminen koulun hyväksi.

Tämän jälkeen esitettiin kokoukselle tarkoitusta varten laaditut mallisäännöt kannatusyhdistystä varten. Ne tarkastettiin kohta kohdalta, ja lopuksi ne hyväksyttiin yksimielisesti kannatusyhdistyksen säännöiksi.

Näin perustetulle yhdistykselle valittiin sitten sääntöjen mukainen johtokunta, joka samalla toimisi koulun johtokuntana. Seuraavat henkilöt valittiin: pj:ksi Kalle Salo, jäseniksi Edvard Vainiola, David Lahtinen, Leander Koivisto, Hugo Vainio ja Sylvester Harju. Tilintarkastajiksi valittiin Auno Tasanko ja Valentin Koivisto ja varalle Vihtori Seppälä ja Mikko Mansikkaniemi.

Lukuvuoden 1935–1936 oppilaita Närpiön Luoman kansakoulussa

Anni Yli-Sorvari, Anna Vainiola, Anja Yli-Sorvari, Erkki Lahtinen, Saara Vainiola, Bertta Vainiola, Sylvi Rusenlef, Eero Yli-Sorvari, Voitto Tuisku, Urpo Salo, Arvi Salo, Kaarlo Kohtala, Vilho Koivisto, Väinö Salo, Aino Koivisto, Elmi Salo, Salli Vainiola, Aapeli Kohtala ja opettajana Kerttu Panula.

Kannatusyhdistyksen kirje kouluhallitukselle 3.6.1936

Suomalaisen kansakoulun ystävät-niminen yhdistys on anonut kouluhallitukselta, että Närpiön Luoman yksityisen kansakoulun kannatusyhdistyksen hallussa olevat mainitun yhdistyksen lakanneelle yksityiselle kansakoululle myönnetyt valtionvarat saataisiin luovuttaa Närpiön Harjun yksityisen kansakoulun kannatusyhdistykselle käytettäviksi samanlaiseen tarkoitukseen, kuin mihin ne on myönnetty. Tämän johdosta kouluhallitus on 30.8.1935 päivätyssä kirjeessä tiedustellut opetusministeriöltä, voidaanko kysymyksessä olevaan anomukseen suostua.

Opetusministeriö on tämän asian tänä päivänä itsellensä esitellyttänyt ja ilmoittaa, ettei sen mielestä ole olemassa estettä suostua puheena olevaan anomukseen, mikäli todetaan, että kaikki Närpiön Luoman yksityisen kansakoulun kannatusyhdistyksen velat on maksettu ja että yhdistyksen omaisuuden käyttäminen anotussa tarkoituksessa ei ole vastoin yhdistyksen säännöissä olevia määräyksiä sekä, jos on selvitetty, että mainittu yhdistys ei ole nostanut valtionavustuksia pidemmältä ajalta, kuin mitä koulu on sinä vuonna, jolloin se lakkasi, ollut toiminnassa ja että koulun toiminnan ajalla lankeava valtionosuus on todella käytetty sen tarpeisiin,

V.t. opetusministeri, Ministeri K. T. Jutila
Nuorempi hallitussihteeri, L. A. Castrén

Jäljennöksen oikeaksi todistaa Helsingissä, kouluhallituksen kirjaajakonttorissa kesäkuun 17. päivänä 1936.
Anna Terho, kirjaaja

Kannatusyhdistyksen kokous 27. päivänä 1937

Kun Närpiön kunta on koulupiiriimme perustanut kunnallisen kansakoulun ja se jo aloittanut toimintansa vuokrahuoneissa, seurasi päätettäväksi kysymys Närpiön Luoman yksityisen kansakoulun kannatusyhdistyksen toiminnan lopettamisesta. Kannatusyhdistyksen keskusteltua asiasta päätettiin se yksimielisesti lakkauttaa.

Yksimielisellä päätöksellä päätettiin lakkaavan kannatusyhdistyksen varat käyttää seuraavalla tavalla: varoista annetaan Närpiön Harjun yksityisen kansakoulun kannatusyhdistykselle oppilaskodin rakentamisesta aiheutuvien velkojen maksamiseen. Samalla pyydetään mainitulta kannatusyhdistykseltä selvitystä siitä, mihin rahat on käytetty. Uusikaarlepyyn yksityisen kansakoulun kannatusyhdistykselle annetaan vaikeitten taloudellisten olojen tukemiseksi 2000 mk. Rahat lähetetään koulun taloudenhoitajalle Kalle Tarvoselle, os. Uusikaarlepyy. Korppoon vasta perustetulle yksityisen kansakoulun kannatusyhdistykselle vaikeitten olojen tukemiseksi 3000 mk. Rahat lähetetään johtokunnan varapuheenjohtajalle, kauppias Jalmari Mäkelälle, os. Korppoo. Siipyyn kirkonkylän yksityisen kansakoulun kannatusyhdistykselle päätettiin antaa vaikeitten taloudellisten olojen parantamiseksi 2000 mk. Rahat lähetetään koulun taloudenhoitajalle Akseli Forsbergille, os. Siipyy. Nauvon yksityisen kansakoulun kannatusyhdistykselle päätettiin antaa 200 mk koulun vaikeitten taloudellisten olojen parantamiseksi. Rahat lähetetään koulun taloudenhoitajalle Viljo Vahalahdelle, os. Nauvo, Saksnappa.

Kannatusyhdistyksen jäljelle jääneillä varoilla päätettiin kyläryhmään perustaa suomalainen kansankirjasto, jonka toimihenkilöiden tulee siihen tarkoitukseen myönnetyt varat käyttää vasta perustettavan kirjaston hyväksi useamman vuoden kuluessa siten, että kirjastoon yhä vuosittain saadaan uutta kirjallisuutta. Pesänselvittäjän, kannatusyhdistyksen puheenjohtajan ja kirjurin toimeksi annettiin kirjaston alkuunpaneminen.

Pesänselvittäjäksi valittiin opettaja S. Lipasti ja pesänselvitys ja varainluovutus määrättiin tehtäväksi kesäkuun 30. päivään 1937 mennessä. Kannatusyhdistyksen rahastonhoitaja David Lahtinen hoitaa edelleen varat, kunnes pesänselvittäjä on selvittänyt varat. Kannatusyhdistyksen puheenjohtaja määrättiin tekemään kirjeellisesti ilmoitus pesänselvitysmiehelle ym., joita asia koskee. Pesänselvityksestä ja muistakin mahdollisista menoista otetaan tarvittavat varat jäljellä olevista kannatusyhdistyksen varoista.

Pöytäkirjan vakuudeksi

Kalle Salo, pj. Edvard Vainiola, kirjuri

Johtokunnan kokous 12. päivänä tammikuuta 1936

Kyseessä oli Närpiön suomalaisen supistetun kansakoulun johtokunnan kokous. Johtokunnasta olivat läsnä pj. Kalle Salo, kirjuri Edvard Vainiola, jäsenet Herman Ylisorvari ja Artturi Lahtinen.

Otettiin keskustelun alaiseksi kouluhuoneen lämmitys ja siivous, koska se ei lain mukaan kuuluisi oppilaiden tehtäväksi. Asiasta keskusteltua E. Vainiola lupautui ottamaan lämmityksen ja siivoamisen kuluvaksi vuodeksi 40 mk:n kuukausimaksua vastaan, joka hyväksyttiin.

Koska kouluun on tullut 4 oppilasta lisää Juho Leppisen perheestä, joka on vuoden vaihteessa muuttanut Teuvalta Närpiöön asumaan ja koska lain mukaan kuuluu kouluttaminen siinä kunnassa, jossa asuu, kuin myöskin saada tarvittavat koulutarvikkeet. Kos-

ka tälle vuodelle menoarviota tehtäessä ei ollut tietoa näistä oppilaista ja jos myönnetty menoerä tälle vuodelle koulutarpeisiin ei näytä riittävän, niin on johtokunnan puheenjohtajan ja taloudenhoitajan opettajan kanssa tehtävä anomus kunnalle harkitusta lisämäärärahan myöntämisestä tälle vuodelle.
Kokouksen puolesta
Kalle Salo, pj. Edvard Vainiola, kirjuri
Pöytäkirja luettu ja hyväksytty

S. Lipasti

S. Lipasti toimi Närpiön Luoman sekä yksityisen että kunnallisen koulun neuvojana taustalla. Hän näytti hallitsevan lakipykälät, menettelytavat sekä konekirjoittamisen. Muutamia kirjeitä hänen toiminnastaan on säilynyt.

Kirje vuodelta 1939

Terve, maanviljelijä Kalle Salo, Närpiö

Alun toistakymmentä vuotta sitten opettaja S. Lipasti perusti paikkakunnallenne Luoman yksityisen kansakoulun. Johtokuntanne pyynnöstä hän sittemmin, kun koulu tuli kunnalliseksi, toimitti kannatusyhdistyksessä pesänselvityksen ja sai siitä palkkiota 600 markkaa, mutta kun hän selvitystä toimittaessaan joutui mm. asumaan Kaskisissa eräitä päiviä, kului häneltä tässä puuhassa huomattavasti varoja ja lisäksi syntyi matkakuluja. Opettaja Lipasti on ilmoittanut minulle, ettei tämä korvaus riittänyt ensinkään palkaksi, vaan avustuserät menivät kokonaan kuluihin. Tämän pesänselvityksen jälkeen hän on sittemmin kirjastoasianne vuoksi sinne tehnyt ainakin kaksi matkaa täältä Etelä-Suomesta ja laatinut ehdotuksen kirjastoon ostettavista kirjoista saaden niistä puuhista teiltä hyvitystä 150 markkaa. Katsoen siihen asian puoleen, että opettaja Lipasti ensinnäkin perusti koulunne ja sitten noin 8 vuoden ajan koulunne asioita yhdessä kanssanne hoiti hyvällä menestyksellä tehden vuosien kuluessa lukemattomia matkoja luoksenne pitäisimme hyvin toivottavana, että kannatusyhdistyksen varoista esim. 1000–1300 markalla korvattaisiin hänen pitkäaikaisesta työstään koulunne hyväksi. Kohteliaimmin kehoitan siis lähettämään ehdottamani erän opettaja S. Lipastille, Os: Helsinki, Kristianinkatu 14A5.

Helsingissä syyskuun 12. päivänä 1939

Kunnioittaen

Salonjärvi

Tarkastaja, kansallismielisen Nuorisoliiton taloudenhoitaja ja varapuheenjohtaja

Kirje vuodelta 1940

Herra Kalle Salo

Luomaluhtaankylä

Kun viimeksi siellä kävin, mainitsi Vainiola, että entisen yksityisen kansakoulun tilit ovat David Lahtisella. Kohteliaimmin pyydän Teitä hankkimaan siitä kuitista, kun Närpiön Harjun koululle lahjoititte rahaa 10000 markkaa, jäljennöksen ja lähettämään se sitten minulle. Luultavastikin kuitit ovat vielä Lahtisella, jotenka Vainiolakaan, joka Lahtisen aina silloin tällöin tapaa, ei sitä jäljennöstä aivan pian saa, mutta saapuuneehan sitten tuonnempana tänne. Jooseppi Myllyluoma kirjoitti niistä Harjun koulun asioista minulle vähän ihmeellisiä juttuja. Eiköhän rahan saajan sittenkin täytyisi teille tehdä selkoa siitä, minnekä ne 10000 mk ovat joutuneet. Ainakin Myllyluoma väittää, ettei niistä ole penniäkään riittänyt rakennusvelkoihin.

Maaliskuun alkupäivinä, riippuen tietysti sotatilanteesta, liikun siellä Etelä-Pohjanmaalla, mutta en oikein haluaisi aina silläkään käydä teidän luonanne.

Monin terveisin sinne tutuille

Kunnioittaen S. Lipasti, os. Hirsilä, Humiseva

Kirje vuodelta 1942

Herrat maanviljelijät Kalle Salo ja Edvard Vainiola, Luomaluhtaan kylä

Teille K. Salolle ja E. Vainiolalle lausun parhaimmat kiitokseni kansallismieliselle Nuorisoliitolle lähettämästänne 2000 markan suuruisesta kannatuserästä. Teille, hyvät ystävät, lausun vuosien takaa tunnustukseni siitä, että Teidän toimintanne on koko yksityisen koulun toimiajan ollut mitä parhainta. Kiitos toisillekin mukana olleille henkilöille! Toimintanne koulun hyväksi oli mitä reippainta. Ei koulustanne kuulunut pienintäkään soraääntä eikä vastenmielisyyttä asian kulkuun nähden. Harvoin vain minun apuani tarvittiin. Kun luonanne poikkesin, oli kohtelunne, ystävyytenne ja vieraanvaraisuutenne mitä herttaisinta. Kymmeniä kertoja oli Edvard Vainiola hevosellaan minua kyydissä joko Perälän asemalle tai sitten Myrkkyyn ja aina ilman korvausta. Vähenihän kirjastonne rahat 12000 markkaa 2000 markalla, mutta tarpeen se liitollemme oli, kun ei muutenkaan voida menoja korvata.

Onhan niiltä vuosilta, kun kylässänne kouluasioissa liikuin, monenlaisia muistoja. Muistossani on esim.

eräs eksymistapaukseni. Lähdin nimittäin Perälän kylän Kristiinan puoleisesta päästä kesäisenä sadepäivänä metsän poikki kyläänne kohden ja eksyin sinne. Useampia tunteja sain harhailla sankassa korvessa, ennen kuin saavuin perille. Monia muitakin kertoja taivalsin sittemmin saman korven lävitse, mutta en sitten enää eksynyt.

Toivottavasti kunnallinen koulunne yhä työskentelee hyvällä menestyksellä tottuneen opettajanne johdolla. Ehkäpä heinäkuun alkupäivinä tulen Kristiinaan. Vaikkapa veljeni sieltä onkin sairaalassa, aion kuitenkin jonkin aikaa majailla hänen perheessään.

Vieläkin monet kiitokseni saamastani ystävyydestänne ja lähettämästänne rahasta! Terveiset sinne tutuille ja opettajallenne.

Kunnioittaen S. Lipasti

Johtokunnan kokous 22.9.1939

Otettiin käsiteltäväksi opettaja Kerttu Panulan kirjallinen anomus saada virkavapautta yksityisasioiden takia ajalle 1.10.1939–30.4.1940. Viransijaiseksi oli sitoutunut ylioppilas Irma Koskinen. Tarkastettiin Koskisen todistusjäljennökset, joiden perusteella johtokunta yksimielisesti hyväksyi opettaja Kerttu Panulalle pyytämäkseen ajaksi vapauden virastaan.

Viransijaiseksi yksimielisesti hyväksyttiin Irma Koskinen. Asiaa koskevat asiakirjat päätettiin viipymättä lähettää Vaasan piirin kansakoulujen tarkastajalle asianmukaisia toimenpiteitä varten.

Vakuudeksi

Kalle Salo, pj. Edvard Vainiola, kirjuri

Pöytäkirja 18.8.1949

Saapuvilla olivat pj. Kalle Salo, Edvard Vainiola, kirjuri, sekä jäsenet Leander Koivisto, Lenni Mäkelä, Eero Yli-Sorvari, Linus Böling, Martti Mansikkaniemi sekä opettajat Armas ja Kerttu Panula.

Koska Viitin koulu oli muuttunut kaksiopettajaiseksi, niin oli järjestettävä koululle toinen opettaja. Koska Armas Panula oli siihen jo saanut tarkastajan suostumuksen, niin johtokunta oli siihen myöntyväinen. Armas Panula sitoutui ottamaan viran vastaan.

Otettiin keskusteltavaksi koulun vahtimestarin, keittäjän ja oppilasasuntolan hoito. Paikka päätettiin laittaa auki paikallisella ilmoituksella. Ilmoitukset laitetaan Viitiin, Salonpäähän ja Perälän kauppoihin sekä Teuvan ilmoitustaululle. Ilmoitukset laittaa K. Salo ja hakemukset on palautettava 10. päivään syyskuuta koulun johtokunnalle.

Otettiin keskusteltavaksi myös koulun vihkiäisjuhlan järjestäminen. Päätettiin tilata 100 kpl kutsukortteja, joilla kutsutaan kummankin kunnan virkakunta. Korttien tilaus jätettiin opettajan huoleksi. Opettajan esittämä lasiverhojen laitto kahteen luokkahuoneeseen ja ruokalaan jäi opettajan huoleksi; hän ostaa niihin tarvittavan määrän kangasta kaupasta ja valmistaa verhot.

Kokouksen puolesta

Kalle Salo, pj. Edvard Vainiola, kirjuri

Pöytäkirja 21.10.1949

Saapuvilla olivat pj. Kalle Salo, kirjuri Edvard Vainiola, jäsenet Linus Böling, Lenni Mäkelä, Eero Yli-Sorvari, Martti Mansikkaniemi sekä opettajat Armas ja Kerttu Panula.

Oli keskustelu lipputangon laittamisesta koululle. Päätettiin laittaa sementtialustalle noin 12- tai 13-metrinen. Sen laitto jäi Martti Mansikkaniemen huoleksi.

Oli keskustelu höyläpenkin laittamisesta koululle. Päätettiin tilata ne. Samoin tilataan kahdet taloustikkaat ja pöydät. Koska oli tarkoitus tilata niitä Närpiöstä, niin tilauksen hoitaminen jäi Linus Bölingin huoleksi.

Oli keskustelu vihkiäisjuhlan ajasta. Se päätettiin pitää 27. päivänä marraskuuta 1949. Kutsujen lähettäminen, ohjelman ja muun järjestelyn hoitaa Kerttu Panula. Armas Panula sai vuorostaan huolekseen kovaäänisen laiton ja ohjelman järjestämisen.

Viitin koulu rakennettiin Närpiön puolelle. Siitä tuli nyt Närpiön ja Teuvan yhteinen. Teuvan osuus oli 40 % ja Närpiön 60 %. Uuden koulun vihkiäiset pidettiin adventtisunnuntaina 1949. Koulu sai samassa yhteydessä toisen opettajan, jona aloitti Armas Panula. Koulu lakkautettiin joskus jopa myrskyisten vaiheiden jälkeen vuonna 1968, ja koulu myytiin Jaakko ja Juhani Harjulalle. Juhani Harjula perusti siihen mattotehtaan. Uuden johtokunnan puheenjohtajaksi valittiin aluksi vanha veteraani Kalle Salo.

Pöytäkirja 20.8.1950

Saapuvilla olivat pj. Kalle Salo, jäsenet Edvard Vainiola, Leander Koivisto, Eero Yli-Sorvari, Lenni Mäkelä, Linus Böling, Kerttu ja Armas Panula.

Johtokunta päätti lähettää kehoituksen Juho Huolmanille tyttärensä säännölliseen koulunkäyntiin. Joh-

tokunta kehotti oppilaita tuomaan koululle seuraavat ruokamäärät: perunoita 20–50 kg, puolukoita 2–3 litraa oppilasta kohden. Maitoa annetaan koululta niille, jotka eivät sitä kotoa voi saada mukaansa.
Kokouksen puolesta
Armas Panula, v.t. sihteeri

Oppilaita keväällä 1950 Viitin kansakoulussa

Raili Lahtinen, Eira Vainiola, Hilve Mikkonen, Raija Leppinen, Soile Panula, Pirkko Veijalainen, Juhani Harjula, Ossi Panula, Rainer Mikkonen, Jaakko Harjula, Matti Nevala, Nelly Perälä, Liisa Haapaniemi, Saga Kauppila, Kaija Leppinen, Kerttu Vainiola, Eeva Vesterinen, Airi Vahala, Paula Panula, Markku Lahtinen, Alpo Haapaniemi, Unto Tasanko, Matti Mansikkaniemi, Matti Ylivalkama, Veijo Korvenrinne, Lauri Lahtinen, Urpo Huolman, Reino Kataja, Oiva Salo, Erkki Seppälä, Eero Korvenrinne, Antti Mansikkaniemi, Sauli Leppinen, Kaini Leppinen, Arvi Suvela ja Eero Perälä. Opettajina Kerttu ja Armas Panula sekä keittäjänä Aili Koivisto.

SYD-ÖSTERBOTTEN 1.12.1949

Närpiössä vihittiin suomenkielinen kansakoulu. Närpiö ja Teuva rakensivat yhdessä oppilaitoksen.

Närpiön suomenkielisen väestön kansakoulutasoisen opetuksen tyydyttämiseksi kuluneena kesänä 1949 on rakennettu uusi koulu Viitin piiriin Teuvan rajalle. Koulu, joka palvelee kumpaakin kuntaa, on rakennettu yhdessä niin, että Närpiö vastaa 60 % kustannuksista ja Teuva 40 %. Suomenkielinen koulu, joka aloitti yksityiskouluna 22 vuotta sitten, mutta Närpiön kunta otti sen myöhemmin hallintaansa, on työskennellyt ahtaissa ja yksinkertaisissa tiloissa. Uudessa koulussa on kaksi opetustilaa, eteinen, tilava keittiö ja vahtimestarin asunto pohjakerroksessa sekä kaksi opettajien asuntoa yläkerrassa. Toinen opettajien asunto varataan toistaiseksi oppilasasuntolaksi. Kellarikerroksessa ovat sauna, pesutupa ja varastotilat.

Ensimmäisenä adventtipäivänä koulu vihittiin uskonnollissävytteisellä juhlalla. Virren jälkeen johtokunnan puheenjohtaja Kalle Salo toivotti vieraat tervetulleiksi suomeksi ja Linus Böling ruotsiksi. Kalle Salo esitti johtokunnan kiitokset molempien kuntien edustajille siitä, että koulu on saatu aikaan. Linus Böling tulkitsi viitiläisten ilon ja kiitollisuuden uljaasta ja kauniista koulusta. Opettaja Kerttu Panulan johdolla Perälän sekakuoro lauloi kolme kauniisti sointuvaa laulua. Rouva Tarkkonen luki kaksi tunnelmallista juhlarunoa. Yksinlaulusta vastasi Marjatta Vila, joka lauloi "Vieläkö muistat sen virren" suomeksi ja "Hör mig min Jesus" ruotsiksi. Martti Mansikkaniemi esitti yksityiskohtaisesti rakennuskertomuksen.

Toinen juhlan osa aloitettiin *Hoosiannalla*, jonka kuoro lauloi. Sitten Närpiön kunnanvaltuuston puheenjohtaja rovasti E. Stenwall piti vihkiäispuheen. Hän kiitti rakennusmestaria ja urakoitsijoita sekä työntekijöitä hyvin suoritetusta urakasta sekä toivotti siunausta uudelle koululle. Kun julistettiin vapaa sana, niin joukko puhujia ilmoittautui. Närpiön kunnan puolesta puhuivat kunnanhallituksen puheenjohtaja Markus Venman, koululääkäri tohtori Miemois ja opettaja Folke Eriksson, joka esitti lähimmän ruotsinkielisen koulun Karlå folkskolan onnittelut.

Teuvan kunnan puolesta puhuivat kunnanvaltuuston puheenjohtaja Toivo Mikkilä, kunnanhallituksen puheenjohtaja Hugo Aho, Norin kansakoulun Vappula, Teuvan kirkonkylän kansakoulun Karivaara, Perälän kansakoulun Kittilä ja koulun ensimmäisiin oppilaisiin kuuluva Asser Vainiola. Puheenvuoron käyttivät myös Teirilä, Torvelainen, Uljas Aho ja Aleksi

Kiili. Sähkeen olivat lähettäneet kansakouluntarkastajat E. A. Mitts ja Eine Sarjola. Ohjelma päättyi pastori Ivar Lindénin johtamaan rukoukseen ja virteen. Sen jälkeen kutsuvieraille tarjottiin päivällinen.

Viitin koulun on urakoinut rakennusmestari Östberg rakennusmestari Vilhelm Forssénin piirustusten mukaan. Kustannukset nousivat noin 5 miljoonaan markkaan. Kalle Salo oli Luoman ja Viitin koulun johtokunnissa aina vuoteen 1952 asti. Hän toimi myös Luoman koulussa poikien puukäsityön opettajana. Ennen Viitin koulun syntyä Kalle Salo oli myös Salon koulun johtokunnassa.

Työväen poliittinen järjestäytyminen Teuvalla 1899–1919, Jyväskylän yliopisto, 2004

Pientilallinen Kalle Salo toimi puolestaan Perälän työväenyhdistyksen puheenjohtajana vuotta 1914 lukuun ottamatta koko kauden 1910–1917. Johtokunnissa toimineet talonpojat eivät todennäköisesti kuitenkaan olleet suurten maa-alojen omistajia, vaan nimenomaan pientilallisia. Tähän viittaavat Juho Perälän ja Kalle Salon yhteiskunnallisen aseman lisäksi johtokuntien muiden maanomistajajäsenten itsestään eri yhteyksissä käyttämät ilmaisut. Myös Äystön työväenyhdistyksen vuoden 1917 johtokunnassa tilanomistajilla oli vahvempi edustus kuin yhdistyksen jäsenistössä kokonaisuudessaan. Selvimmin talonpoikien vahva edustus paikallisen työväenliikkeen johdossa tuli esiin Teuvan ensimmäisissä demokraattisissa kunnallisvaaleissa vuosien 1918–1919 taitteessa. Kunnanvaltuustoon valituista sosialisteista kolme neljäsosaa oli maanomistajia.

Oma työväentalo Perälään

Rautatieurakan pitempiaikainen viivähtäminen Perälän kylässä, jonne rakennettiin radan risteysasema, saattoi vaikuttaa siihen, että paikallisen työväen ja radanrakentajien yhteistoiminnasta muodostui erityisen vilkasta. Vaikka ratatyöläisten ammattiosasto (Perälän osasto n:o 6) päätti kustannussyistä jäädä yhdistyksen ulkopuolelle, tämä ei estänyt käytännön yhteistyön tuloksellisuutta. Merkittävin osoitus yhteen hiileen puhaltamisesta oli Perälän työväentalon rakennushankkeen toteuttaminen.

Tammikuun puolivälissä 1910 järjestettyyn Perälän työväenyhdistyksen kokoukseen osallistui myös ammattiosaston edustaja Frans Saarinen, joka ilmoitti radanrakentajien tarjoavan apuaan työväentalon saamiseksi kylään. Kokouksessa käytyjen keskustelujen jälkeen yhdistys päätti lopullisesti toteuttaa vuosia esillä olleen ajatuksen oman talon hankkimisesta. Hanketta eteenpäin viemään valittiin viisihenkinen komitea, johon paikallisten Kalle Salon, Vihtori Seppälän, Vesteri Santikon ja Juho Perälän lisäksi tuli rautatietyöläisten edustaja Saarinen. Komitean työ tuotti nopeasti tulosta, sillä työväentalon rakentaminen päätettiin aloittaa jo saman kuukauden lopulla. Radanrakentajien ammattiosasto myönsi talohankkeelle lainaa, ja ratatöissä mukana olleesta työväestä ainakin hevosmiehet osallistuivat ahkerasti talkoisiin.

Työväentalon rakennuspuuhien ohella kiertävät rautatietyöläiset piristivät paikallisen työväenyhdistyksen toimintaa myös muilla tavoin. Kalle Salon muistelmien mukaan radanrakentajien vaikutuksesta Perälän työväenyhdistyksestä kehittyi näyttämöalalla lähes kuuluisuus koko Suupohjassa. Kaiken lisäksi suuren työläisjoukon saapuminen paikkakunnalle merkitsi työväenyhdistysten iltamatulojen merkittävää kasvua.

Kansalaiskokous ja virkavalta 1917

Teuvan poliisikunnan sortovuosien aikainen toiminta nousi ensimmäisen kerran esille Kirkonkylän työväentalolla järjestetyssä kansalaiskokouksessa 24. maaliskuuta 1917. Tilaisuuden avasi Teuvan sosialidemokraattisen kunnallisjärjestön jäsen ja Perälän työväenyhdistyksen monivuotinen puheenjohtaja **Kalle Salo**, jonka jälkeen kokouksen puheenjohtajaksi valittiin **Nikolai Kulmala** ja sihteeriksi **Alarik Hautaniemi** – molemmat olivat työväen edustajia. Myös tämän kansalaistapahtuman aluksi "valaisevan puheen nykyajan tapahtumista" esitti tohtori **Severi Savonen**. Puheen päätteeksi kajautettiin paikalle saapuneiden noin 500–600 kuntalaisen voimin kolminkertainen eläköön-huuto Suomen vapaudelle.

Nimismiehen virkaa oli Teuvalla kesästä 1914 saakka hoitanut **Elis Esaias Sipilä**, joka oli paikkakunnan asukkaille entuudestaan tuttu mies. Hän oli työskennellyt Teuvan Nimismiehen ohella työväentalolle kokoontuneiden teuvalaisten arvioitaviksi joutuivat konstaapelit **Antti Kohtala**, **Juho Rintakoski** ja **Kalle Fredrik Lumme**. Kokousväen enemmistön mukaan poliisilaitoksen tulisi kokonaisuudessaan erota siitä syystä, että viranomaiset eivät nauttineet kansalaisten luottamusta. Toisaalta kokouksessa nousi esiin mielipiteitä myös poliisikunnan osittaisen eron puolesta. Varsinkin talollinen **Herman Hakala** esitti tukijoineen toivomuksen, että "aina mallikelpoisesti toiminut" poliisi **Juho Rintakoski** jäisi virkaansa.

Maaliskuun kansalaiskokouksen lopulliseksi päätökseksi tuli toivomus, että virkakunta eroaisi laillisessa järjestyksessä, koska poliisit eivät käyttäytymisellään olleet saavuttaneet kansalaisten luottamusta. Päätöstä, jossa huomioitiin Rintakosken puolesta esitetty mielipide, lupautuivat vapaaehtoisesti poliisiviranomaisille esittämään ja "edelleen kehittämään" **Juho Lappalainen**, **Kalle Salo** ja **Juho Perälä**.

Myös nimismies Sipilän konttorin tapahtumat 30. maaliskuuta jäävät epäselviksi. Toisin kuin nimimerkin *Mukana ollut* kirjoituksesta välittyy, myöhemmin julkaistun vastineen mukaan kansalaislähetystö suhtautui lopulta melko myönteisesti nimismieheen. On varsin mahdollista, että lähetystöön kuuluneet työväenliikkeen johtomiehet **Kalle Salo** ja **Juho Perälä** todella antoivat nimismiehelle tunnustusta hänen puolueettomasta suhtautumisestaan paikalliseen työväenyhdistysväkeen. Tähän mahdollisuuteen viittaa se, että huhtikuun alussa järjestetyssä Teuvan sosialidemokraattisen kunnallisjärjestön kokouksessa paikkakunnan työväenyhdistysten johtomiehet eivät löytäneet juurikaan paheksumisen aihetta kunnan poliisiviranomaisten toiminnasta.

Huhtikuussa seurakuntatalolla oli puolestaan porvarillisen mielipiteen ohella myös järjestäytyneen työväen näkemykset edustettuina. Tästä on osoituksena ensinnäkin se, että kansalaiskokouksen avasi **Juho Perälä**. Toiseksi on varsin kuvaavaa, että kokouksen päätöksiä toimeenpanemaan valtuutettiin, kuten edellä todettiin, sama valtuuskunta kuin Perälä ja Salo lukeutuivat paikallisen työväenliikkeen johtohenkilöihin, maaliskuussa, kun taas Juho Lappalainen edusti mitä ilmeisimmin porvarillisia piirejä. Vaikuttaakin siltä, että poliiseja vastaan suuntautunut kansalaisaktiivisuus oli yhteistä eri poliittisille ryhmittymille. Ensimmäisen kokouksen järjestäminen työväentalolla osoittaa ainoastaan työväenyhdistysväen valmiutta tarttua tilaisuuteen kevään vallankumouksen murrettua poliittisen toiminnan esteet. Teuvan työväelle avautui nyt periaatteessa ensimmäinen todellinen foorumi, kansalaiskokoukset, katsontakantojensa ilmaisemiseen koko kunnan poliittisella areenalla.

Vanhan vallan virkakuntaa vastaan suuntautunut

kansalaisaktiivisuus sekä kruununvouti Ottelinille lähetetty kirjelmä johtivat laillisuustutkimuksen järjestämiseen Teuvalla. Seurakuntatalolle kokoontui 21. toukokuuta suuri joukko paikkakuntalaisia seuraamaan tutkintatilaisuutta, jonka toimittivat tutkimuskomitean puheenjohtaja **Karl Ottelin** sekä komitean jäsen **I. R. Valavaara**. Syytöksiin vastaamassa olivat sekä nimismies Sipilä että poliisikonstaapelit Rintakoski, Kohtala ja Lumme. Nimismiespiirin asukkaiden, syytösten tekijöiden, edustajina toimivat talolliset **Vihtori Heikkilä** ja **Sameli Kangas**. Käytännössä tilaisuuden eräänlaisena kansantribuunina toimi kuitenkin **Kalle Salo**, eräs keskeisistä työväenvaikuttajista. Salo esitti tutkintakomitealle kansalaiskokousten (24.3. ja 9.4.) pöytäkirjat, nimismiehen antaman kirjallisen vastauksen (8.4.) sekä edellisiin perustuen syytekirjelmän, jonka tukena oli myös kuntalaisten kirjallisia todistuksia viranomaisten toiminnasta.

Tutkintatilaisuutta varten laaditulla syytekirjelmällä haluttiin muistuttaa komiteaa niistä syytöksistä, joita teuvalaiset olivat esittäneet kansalaiskokouksissa poliisiviranomaisia vastaan. Koska syytelista vaikuttaa olleen paljolti **Kalle Salon** käsialaa, siitä ilmeisesti heijastuvat erityisesti järjestäytyneen työväen painottamat syytösten perusteet. Oletusta tukee se, että kirjelmän ensimmäinen kappale käsittelee jo kansalaiskokouksessa 9. huhtikuuta korostettua tapausta. Nimismies Sipilän sekä poliisien Rintakosken ja Kohtalan väitettiin vuonna 1911

> "– väkivallan uhalla ja röyhkeästi rikkomalla Suomen kansalle perustuslakisäädöksellä turvattua kokoontumis- ja yhdistymisvapaudesta 20 pv:nä elokuuta v. 1906 annettua lakia hajoittaneet Suomen silpomiskysymyksen johdosta pidettäväksi aiotun vastalausekansalaiskokouksen Teuvan työväen talolla."

Työväentalolle kokoontuneen kansalaiskokouksen hajottaminen vuonna 1911 vaikuttaa lopulta olleen asia, joka eniten hiersi järjestäytyneen työväen suhteita paikkakunnan poliisiviranomaisiin. Osaltaan monen vuoden takaisen tapauksen esille nousuun saattoi vaikuttaa se, että **Kalle Salo** oli aikanaan valittu kyseisen kokouksen puheenjohtajaksi. Mielenkiintoista on huomata, että talollisten Kankaan ja Heikkilän huhtikuun lopussa 1917 kruununvouti Ottelinille osoittamassa kirjeessä tsaarinajan hevosten pakko-otto oli ensimmäisellä sijalla syytelistassa ja täten porvarillisten piirien kannalta todennäköisesti raskain syytös poliisikuntaa vastaan. Myös Salo puuttui pakko-ottokysymykseen, mutta vasta oman syytelistansa lopuksi. Joka tapauksessa tutkintakomiteaa muistutettiin, että nimismies Sipilän ja kruununvouti Chydeniuksen toimet olivat merkittävästi haitanneet maataloutta. Poliisiviranomaiset olivat pakkoottaneet hevosia kiireellisten syyskyntöjen aikana myös sellaisilta teuvalaisilta, jotka eivät omistaneet kuin kaksi hevosta.

Syytekirjelmänsä toisessa kappaleessa Salo kiinnitti huomiota teuvalaisten jo aiemmissa yhteyksissä korostamaan vangitsemistapaukseen, jonka yhteydessä poliisien väitettiin käyttäytyneen röyhkeästi. Tapaus oli sattunut Aliina Kotonevan asunnolla joulukuussa 1916. Poliisit Lumme, Kohtala ja Rintakoski olivat nimismiehen lähettäminä saapuneet pidättämään Venäjän armeijasta karannutta *Pekka Suokantoa.* Tarpeettoman innokkaasti suoritetusta kiinniotosta todistuksensa antoivat tapahtuman nähneet Kotoneva, Saima Seppä ja Laina Tuokkola.

Syytösten perusteella Teuvan poliisikunnan väittäminen vanhan hallinnon asiamiehiksi pohjautui kolmeen seikkaan: hevosten pakko-ottoon, kansalaiskokouksen hajottamiseen ja Pekka Suokannon vangitsemiseen. Kyseisissä toimenpiteissään poliisiviranomaiset olivat toimineet kaatuneen hallinnon käskyjen mukaisesti. Vaikka Ottelinin komitean tutkintatilaisuudessa myös vihjailtiin nimismies Sipilän toimineen "santarmikätyrinä", varsinaisia todisteita ei tästä esitetty. Syytekirjelmässään Salo ei käsittele asiaa lainkaan, mikä osoittanee vihjailujen olleen huhupuheiden tasolla.

Tutkintatilaisuudessa esitetyn syytekirjelmän kolmas kappale keskittyi pääsääntöisesti nimismiehen persoonaan. Aivan erityisesti teuvalaiset paheksuivat **Elis Sipilän** ajoittain railakasta alkoholinkäyttöä ja kortinpeluuta. Syytekirjelmään liitetyissä kirjallisissa todistuksissa muun muassa *leipuri Aapeli Parkkinen* ja hänen vaimonsa *Esteri* väittivät, että nimismies oli murtautunut yöllä heidän kotiinsa ja vaatinut kaljaa. *Kosti Tuokkolan* todistuksen mukaan Sipilä oli puolestaan illalla 9. joulukuuta 1916 tullut hänen kotiinsa "tukkihumalassa" ja esiintynyt "ihmisarvoa alentavasti". Lisäksi Kalle Salon esittelemässä syytelistassa väitettiin nyt ensimmäistä kertaa, että nimismies olisi estänyt kuntakokouksen päätöksen toteutumisen. Päätös oli suunnattu kunnassa leviävää "kortinpelipahetta" vastaan. Syytekirjelmän kolmannen kappaleen lopuksi kerrattiin vielä väitteet Sipilän röyhkeydestä ja hänen harjoittamastaan kiskonnasta.

Laillisuustutkimukset Teuvan virkakunnan osalta eivät johtaneet lopulta mihinkään. Tutkintatilaisuuden pöytäkirjat esitettiin läänin kuvernöörille, mutta hän ei katsonut jatkotoimenpiteitä aiheellisiksi. Myös paikallinen kansalaisliikehdintä laantui. Alusta saakka maltillisesti toimineet paikkakuntalaiset eivät edelleenkään halunneet kohdistaa pakkokeinoja viranomaisia vastaan. Teuvan Kirkonkylän työväenyhdistyksen historiikki kiteyttää nimismiehen erottamisprosessin osuvasti:

> "Innostus loppui pian ja nimismies sai pitää virkansa."

Vaikka kritiikkiä poliisiviranomaisia vastaan esitettiin ensimmäisen kerran Kirkonkylän työväentalon kansalaiskokouksessa ja vaikka työväenliikkeen edustajat olivat aktiivisia nimismiesvastaisessa liikehdinnässä, Teuvan järjestäytyneellä työväellä ei kuitenkaan ollut syviä ristiriitoja virkakunnan kanssa. Pääasiallisesti työväenyhdistysten johdossa oltiin tyytyväisiä, koska viranomaiset eivät olleet juurikaan käyttäneet laittomia keinoja järjestöjä vastaan. Lisäksi työväestön ja poliisikunnan riidattomaan suhteeseen viittaa **Kalle Salon** lausunto laillisuustutkimuksen päätteeksi 21. toukokuuta. Salo myönsi, että nimismies oli kohdellut työläisiä yleensä hyvin, eikä työväestöllä ollut mitään Sipilää vastaan. Salo oli esiintynyt asiassa vain siksi, että hänet oli toimeen valittu, "mutta hän ei mitenkään tuntenut, eikä tahtonut vastata nimismiestä vastaan tehtyjen syytösten oikeaperäisyydestä"!

Elintarvikelautakunta

Esitetyn kehotuksen mukaisesti Äystön työväenyhdistys valitsi kolme henkilöä ehdolle mahdollisesti uudelleen nimitettävään elintarvikelautakuntaan 25. huhtikuuta 1917. Perälässä ehdokkaista oli päätetty kuukauden puolivälissä kylän nuorisoseuratalolla järjestetyssä tilaisuudessa. Elintarvikelautakunnan uudistamisesta vaatineen kokouksen pitopaikka viittaa siihen, että lautakunnan toimintaan oltiin tyytymättömiä myös järjestäytyneen työväen ulkopuolella. Perälän kuluttajien ehdokkaiksi elintarvikelautakuntaan valittiin kolme kylän työväenyhdistyksen jäsentä: Jaakko Ahola, Juho Perälä ja Kalle Salo.

Kunnallislautakunnan jäsen

Myös sosialidemokraattisen puolueen hallussaan pitämä eduskuntaenemmistö saattoi vaikuttaa siihen, ettei kunnallisia valtasuhteita nostettu kiistojen kohteeksi Teuvalla. Tilanteessa oli selvää, että kunnallislait otettaisiin käsittelyyn eduskunnassa, ja niin lopulta myös tapahtui. Heinäkuun puolivälissä 1917 eduskunta hyväksi kunnallislait, joiden sisältö muotoutui sosialidemokraattien tavoitteiden mukaiseksi. Lain perusteella valtuuston asettaminen tuli kunnille pakolliseksi, ja lisäksi määrättiin, että kunnalliset vaalit järjestettäisiin yleisen ja yhtäläisen äänioikeuden perusteella äänioikeusiän ollessa 20 vuotta.

Ennen kuin Teuvan ensimmäiset demokraattiset kunnallisvaalit tulivat ajankohtaiseksi – uudet kunnallislait vahvistettiin vasta marraskuun suurlakon jälkeen – paikallisen työväen edustajat olivat jatkaneet marssiaan kunnallisen politiikan areenalle. Merkittävä yksittäinen osoitus tästä on pitäjän keskeisen työväenvaikuttajan ja Perälän työväenyhdistyksen monivuotisen puheenjohtajan **Kalle Salon** valinta Teuvan kunnallislautakunnan jäseneksi vuoden 1918 alusta alkavalle kaudelle.

Suojeluskunta

Suojeluskunnan perustaminen oli virallisesti esillä kuntakokouksessa 27. marraskuuta 1917. Paljon osanottajia keränneessä tilaisuudessa hankkeen puolustajat korostivat edelleen yhteiskunnallisen tilanteen uhkaavuutta ja jokaisen teuvalaisen velvollisuutta varautua puolustamaan omaa kotiseutuaan. Suojeluskuntaa vastustaneista järjestäytyneen työväen edustajista puheenvuoroja käyttivät erityisesti perälääiset **Kalle Salo** ja **Juho Perälä**. SDP:n esittämien ja työväenlehdissä viljeltyjen näkemysten mukaisesti miehet totesivat, että suojeluskunnan tarkoituksena oli ainoastaan köyhälistön sortaminen ja heidän pyrkimysten nujertaminen. Lisäksi hankkeen toteuttaminen yllyttäisi vähäväkisiä omien aseellisten joukkojen perustamiseen.

Kuten useissa aiemmissa teemoissa, myös suojeluskuntaa koskevissa kannanotoissaan paikallinen työväenyhdistysväki seuraili tiukasti puolueen linjaa. Ainakin Teuvan Kirkonkylän ja Perälän työväenyhdistykset olivat jo marraskuun alkupuolella hyväksyneet piiritoimikunnan kiertokirjeessä esitetyn suojeluskuntavastaisen mielipiteen. Kirkonkylän työväenyhdistys uhkasi jopa erottaa "lahtarikaartin" jäsenensä ja julkaista heidän nimensä *Vapaassa Sanassa*.

Kunnallisvaalit

Paikkakunnan ensimmäisissä demokraattisissa kunnallisvaaleissa kiistatta parhaimman tuloksen saavuttivat sosialistit. Kevään 1918 tapahtumista ja pitäjän työväenyhdistysten sodan jälkeisistä ahtaista toimintamahdollisuuksista huolimatta työväen listoilta valittiin valtuustoon peräti 12 edustajaa. Vaikka Teuvan kunnanvaltuuston puheenjohtajaksi tuli maalaisliiton **Herman Hakala**, sai paikallisen työväenliikkeen johtohahmo ja sosialistien pääehdokkaana vaaleissa ollut **Juho Perälä** valtuuston varapuheenjohtajuuden. Työväen vaalimenestystä täydensi sekä **Kalle Salon** valinta kunnallislautakunnan varaesimieheksi, että myös useiden muiden sosialistien päätyminen eri luottamustoimiin. Vasta yleisen ja yhtäläisen äänioikeuden käyttöönotto kunnallisissa vaaleissa merkitsi kansanvallan toteutumista paikallistasolla. Hannu Soikkanen nimittää työväestön ja sen edustajien mukaantuloa kunnalliseen päätöksentekoon *demokratian toiseksi läpimurroksi.*

”Epäluotettaviksi huomatut” henkilöt oli kuntakokouksen päätöksellä erotettu kunnallisista luottamustoimistaan, ja muun muassa **Juho Perälä** ja **Kalle Salo** oli toimitettu vankileirille. Tästä huolimatta myös vangituiksi joutuneet teuvalaiset saivat osallistua kunnallisvaaleihin vielä samana vuonna. Varsinaisia juridisia perusteita heidän poissulkemiseensa ei olisi ollutkaan, sillä miehet, yhtä poikkeusta lukuun ottamatta, olivat välttäneet valtiorikosoikeuden eteen joutumisen ja kansalaisluottamuksen menetyksen.

Kalle Salo on säilyttänyt lähes 60 artikkelia aina 1700-luvulta asti. Ne ovat sekä ruotsiksi että suomeksi. Osa niistä on käännetty suomeksi, osa taas on selvennetty ruotsiksi. Suurin osa on jätetty kuitenkin alkuperäiseen muotoonsa. Ne koskevat asioita laidasta laitaan: laskuja, velkakirjoja, sopimuksia, oikeuden päätöksiä jne.

Östermark 28.6.1768

Että talollinen Heikki Heikinpoika, joka velkaantuneessa tilassa seitsemän vuotta sitten otti puolet hyvin ränsistyneen Frasan tilan, joka äskettäin paloi, on sen jälkeen petojen takia menettänyt 9 eläintä sekä useana vuonna melkein joka vuosi on ollut pakotettu ostamaan ruokansa. Tämän todistavat 28.6.1768 Teuvalla

Jaakko Perälä Matti Frasa

Pyynnöstä

Erik M:s Forseen

Syyskäräjät 23.9.1813

Minä Jakob Daniel Warnberg, varatuomari ja Mustasaaren eteläisen tuomiopiirin tuomariksi määrätty, teen tiettäväksi, että vuonna 23.9.1813, jolloin pidin lailliset syyskäräjät Närpiössä Ivarsin tilalla Näsbyssä seuraavien henkilöiden läsnä ollessa:

Lautakunta

Herastuomari Anders Bromels, lautamiehet Anders Bromels, Jakob Krook, Erik Snickars, Henrik Mattans, Matts Mattfolk, Henrik Michels, Anders Ristiluoma, Henrik Joppas ja Matts Konn.

Silloin Herastuomari Magnus Nygård ja talonpoika Elias Mårtensson edustivat Saloa ja Skrivarsia. He esittivät Oikeuden lakisääteisen pöytäkirjan ajalta 29.10.1812. Asiakirja oli otettu 12.5.1812 pöytäkirjasta. Liisa Jaakontyttären tytär ostakoon summalla sata valtakunnan rahaa sekä syytinki Salolle, joka saa 5/20 manttaalia verotilasta n:o 36 Teuvalta ja joka niin ikään on saanut kolme lainhuudatusta: ensimmäisen yllä mainittuna päivänä eli 29.10. ja toisen 3.2. sekä kolmannen näillä käräjillä 10. päivä tätä kuuta ilman, että kukaan on valittanut tästä lainhuudosta. Oikeus julisti lainhuudon oikeudenmukaisesti ja tuomitsee tilan oston lailliseksi sekä julistaa Elias Mårtenssonin, tämän vaimon, lapset ja perilliset omistamaan laillisesti Salon 5/20 osa manttaalia verotilaa n:o 36 Teuvan kylässä ja pitäjässä, joka on Mustasaaren eteläistä voutipiiriä ja Vaasan lääniä.

Lisäksi tämä kirja minun allekirjoituksella varustettuna ja sinetillä vahvistettuna.

Oikeuden puolesta

J. Warnberg (Jakob Daniel Warnberg)

Määrätty toimihenkilö

Sinetti

Torpan kauppakirja 1860

Tämän kautta myyn minä Kaarle Heikki Eliaksen poika Frasa kaiken torpan tilustuksen kuin minulla on kontraktin kautta perinnössä määrätty 1. joulukuuta 1853, joka ulos käy Frasan perintötalosta N:1 5/24 mantaalia Östermarkin pitäjässä ja Perälän kylässä minun sukulaiselleni Jooseppi Juhonpoika Frasalle meidän välillämme sovittua kauppasummaa vastaan, että ostajan pitää maksaman mainitusta torpasta 250 hopearuplaa, joka summa nyt kohta pitää maksettaman. Tänä päivänä saa ostaja torpan vastaan ottaa,

kaikkien maiden, tilustusten ja ehtojen kanssa; sen jälkeen kun kontrakti kirjoitettu 31. joulukuuta 1853 sisällänsä pitää, vaan paja-ajan ehdottaa myyjä itsellensä kuolemaan asti ja vastaa myös puolet kaikista pajan korjauskustannuksista. Se Lepistön luhta, jonka myyjä on vuokrannut sepälle Petteri-veljekselle, lankeaa ilman lunastusta talokin, kun vuokra-aika loppuu. Siitä maasta, mitä myyjä on erillisen sopimuksen kautta antanut taksvärkkiä vastaan Juho Jaakon pojalle Luusille: lankee taksvärkki tästä edes ostajalleen, minkä kirjallisesti vahvistamme Östermarkissa 14. huhtikuuta 1860.
Kalle Heikki Eliaksenpoika Frasa, vaimo Maija Seija Juhontytär, torpan myyjät.
(*puumerkki*)
Jooseppi Juhonpoika Frasa ja Antti Jaakonpoika Salo
(*puumerkki*)

Talonluovutus 1860

Me allekirjoitetut Juuse Juhonpoika ja Heikki Juusenpoika Frasa olemme tänä päivänä välillämme tehneet seuraavan sovinnon, nimittäin:

1) Minä ja Juuso Juhonpoika olemme ynnä vaimoni luovutan talon hallituksen pojalleni Heikki Juuseen-

pojalle alkaen tästä päivästä sillä ehdolla, kun kauppa ja syytingikirja huhtikuun 17. päivänä 1860, jonka lisäksi hän saapi yhden kelloa kantavan lehmän, riihen oljet ja puolet kylän heinistä paitsi jokiluhdan heinät erotan minä itselleni verorahaa varten, jonka otan päälleni maksaakseni kuin myös kaikki muut talon ulosteot otan vastatakseni ensi tulevan toukokuun 1. päivään.

2) Kytömaata Tattarista eroitan minä itselleni 3 sarkaa 6 syltä leveää Antti Jaakonpoika Frasan rajaa vastaan niin pitkään kuin maa siinä paikassa on, joka tulee pysymään minun ja minun vaimoni elinajan.

3) Talon lunastusta, jota talon vastaanottajan vielä on maksamatta sata viisikymmentä (150) markkaa, tulee maksettavaksi Koskelan muorille, jolle minulla on velkaa sitten kun mainittu on mainitulle Koskelan muorille talon vastaanottajalta maksettu, niin on koko taloni lunastussumma täydellisesti maksettu, joka täten myös kuitataan Teuvalla marraskuun 8. päivänä 1871.

Juuse Juhanpoika Frasa, vaimoni Brita Akaatta antajat

(*puumerkki*)

Edellä seisovaan sovintoon olen kaikin puolinen tyytyväinen

Heikki Juusenpoika Frasa
(*puumerkki*)
Todistaa
H. Nylén, Antti Jaakonpoika Frasa
(*puumerkki*)

Myymä kirja 1860

Tämän kautta ylös vedän ja myym minä, syytingi mies Juho Heikinpoika Frasa, kaiken minun irtaimen omaisuudeni olkoon se mistä nimestä hyvänsä ilman eroitusta, kauppa summa vastaan nimittäin: kahdeksankymmentä (80) Ruplaa, joka summa nyt kohta maksetaan ja kuitteerataan yö tästä päivästä, ja ostaja Carl Henrik Eliaksenpoika ja hänen vaimonsa Maija Lilja Juhontytär vastaan ottaa kaiken muun omaisuuden: vaan kaikki vaatteet saa myyjä hallita kuolemaansa asti, vaan kuoleman jälkeen tulee myös kaikki vaatteet mainitulla summalla ostajalle, jota tämän kautta saataisiin läsnä olleiden kirjallisesti vahvistetaan Östermarkis 19. huhtikuuta 1860.
Syytingi mies Juho Heikinpoika Frasa
(*puumerkki*) myyjä

Edellä kirjoitettuun kauppaan tyydyn.
Carl Erik Eliaanpoika ja vaimo Maija Lilja Juhonty-

tär Frasa, ostajat
(*puumerkit*)
Todistavat
G.H. Österberg ja Samuel Snelman

Vaasan läänin kuvernöörin päätös vuonna 1872

Velkakirja

Kuvernöörin viraston Vaasan läänissä päätös talokkaan Teuvan pitäjästä Jooseppi Jakinpoika Koskelan täällä tekemästä hakemuksesta, että talokas Heikki Joosepinpoika Frasa, saman pitäjän Perälän kylästä, velvoitettaisiin, velkakirjan mukaan 1. päivästä maaliskuuta 1879 hakijalle kohta maksamaan yksi sata markkaa korkoineen, minkä ohessa hakija on anonut palkintaa kustannnuksista, alla sanottu velkakirja, todistettuna kopiona hakemukseen liitetty näin kuuluvan.

> "Talokkaalle Juuseppi Koskelalle maksan minä alla nimitetty ensi vaatimisella velaan summan yksi sata markkaa siitä juoksevan kuuden prosentin koron kanssa summa on saatu, kun kumotaan Teuvalla 1.

päivä maaliskuuta vuonna 1879 sata markkaa.

Velanomistaja Hentriki Juusonpoika Frasa, talokas.

Tällä seisovaan summaan ja koron erestä summan minä alla nimitetty täytän takauksen niin kuin omankin velkani erestä aika ja paikka yllä seisoo.

Iisakki Antinpoika Heikkilä kiriootti sama

Toristaa Oskari Samuelinpoika Frasa ja piika Alepertina Antin tytär Frasa (*puumerkit*) 1880 1. päivä maaliskuussa on maksettu täysin.

Kopion yhtäpitäväisyyden kuin myös että päävelkakirja on kasvatettu 20 pennin kertamaksulla, todistaa A. Nylén, Rosina Nylén. Ja on tänään hakemuksen johdosta, välipäätöksellä 16. päivänä maaliskuuta 1881, vastaaja velvoitettu kahdessa viikossa osansaatua tämän antamaan kirjallisen selityksen asiasta, jos tahtoisi sellaista etua nauttia, jonka jälkeen hakija on täällä toteuttanut, että 6. päivänä viime huhtikuuta on vastaajalle annettu kopio asiakirjoista, jotka ovat tänne takaisin tuodut, mutta vastaaja ei ole antanut selitystä. Annettu Vaasan läänin Maankansliassa heinäkuun 12. päivänä 1881.

Kuvernöörin virasto on huolimatta vastaajan poissaolosta ottanut tämän asian tutkittavaksi ja koska kysymyksessä oleva vaatimus perustautuu selvään ja maksettavaan velkakirjaan ja vastaaja ei ole tätä velkaa kieltänyt, niin K.K:n 9. luvun ja U.K:n 4. luvun nojalla velvoitetaan vastaaja talokas Heikki Joosepinpoika Frasa saadessa käteensä alkuperäisen velka- ja takauskirjan kuitattuna hakija talokas Jooseppi Koskelalle heti maksamaan vaaditut yksisata markkaa korkoineen 6

Lunastus Jooseppi Koskela

Sytingi kuitti 1879

Tämän kautta annan minä ala kirjoitettu kuitin talon isännälle, että Heikki Juusenpoika Frasa on maksanut minulle kaikki sen sytingin, mitä sytingi kontrahti sisältää. Teuvalla 20. päivänä helmikuuta 1879 Elatusmies Jooseppi Juhanpoika Frasa (*puumerkki*) Todistavat J.F. Hällsten Kitti M-L- Hällsten Kitti (*puumerkki*)

Velkakirja 1879

Kuvenöörin Wiraston Waasan läänissä päätös Talokkaan Teuvan pitäjästä Jooseppi Iisakinpoika Koskelan täällä tekemästä hakemuksesta saman pitäjän Perälän kylässä velvoitettaisiin velkakirjan mukaan 1. maaliskuuta 1879 hakijalle kohta maksamaan yksi sata markkaa korkoineen. Lisäksi hakija on anonut palkintoa hakemuskustannuksista. Todistettu ja kopioitu velkakirja kuuluu näin:

> "Talokkaalle Juuseppi Koskelalle maksan minä allekirjoittanut heti velan summa yksi sata markkaa ja 6 prosentin koron. Teuvalla 1. päivänä maaliskuuta 1879
>
> Velan omistaja Hentriki Juusepin poika Frasa, Talokas.
>
> Yllä olevasta summasta ja koroista menen minä täyteen takuuseen. Aika ja paikka kuten yllä Iisakki Antinpoika Ikkelä kirjoitti samoin
>
> Todistaa Oskari Samelinpoika Frasa ja piika Alpertina Antin tytär Frasa
>
> maaliskuuta 1880 on pyydetty summa maksettu.

Kopion yhtäpitävyyden ja päävelkakirja on kartoitettu 20 pennin karttamerkillä. Todistaa M. Nylén ja on tämän hakemuksen johdosta välipäätöksellä 16. päivänä maaliskuuta 1881 vastaaja velvoitettu kahden viikon sisällä tiedon saatuaan antamaan kirjallisen selityksen asiassa, jos tahtoisi sellaista etua nauttia. Sen jälkeen hakija on täällä toteuttanut sen, että 16. päivänä huhtikuuta on vastaajalle annettu kopio asiakirjoista, jotka on tuotu takaisin tänne, mutta vastaaja ei ole antanut selitystä.

Annettu Maankansliassa heinäkuun 12. päivänä 1880.

Kuvernöörin Wirasto on huolimatta vastaajan poissaolosta ottanut tämän asian tutkittavaksi. Koska vaatimus perustuu selvästi maksettavaan velkakirjaan ja vastaaja ei ole tätä velkaa kieltänyt, niin vastaaja talokas Heikki Joosepinpoika Frasa velvoitetaan saatuaan alkuperäisen velka- ja takauskirjan heti maksamaan talokas Joosepinpoika Koskelalle vaaditut sata markkaa korkoineen (6%) vuodessa maaliskuun 1. päivästä 1880, kunnes täysi maksu tapahtuu. Sitä paitsi vastaajan tulee kahdellakymmenellä markalla palkita hakijan kustannukset tässä asiassa.

Tämän päätöksen tulee asianomaisen Maistraatin tai Kruununvoudin vaadittua saattaa lailliseen toimeen, jolloin myös kaikki lailliset ulosottokustannukset otettakoon.

Se, joka ei tähän päätökseen tyydy, saa hakea muutosta Keisarillisesta Waasan Hovioikeudesta valituskirjalla, joka on valittajan omakätisesti allekirjoitettava tai muussa tapauksessa varustettava sekä kirjantekijän nimellä että ilmoituksella elinkeinostaan ja asuinpaikastaan ja päätöksen ja kaikkien valituskirjassa mainittujen kirjojen ja todistusten kanssa. Valittajan itse tai hänen laillisesti valtuutettunsa on jätettävä ne Hovioikeuteen viimeistään ennen kello kahtatoista kolmantenakymmenentenä päivänä päätöksestä lukuun ottamatta päätöspäivää. Muuten ja sitä paitsi, että asian voittaneen pitää antaa riitaveljelleen todistettu kopio tästä päätöksestä, todistuksetta minä päivänä se tapahtuu, säädetään noudatettavaksi, että jos ei valittaja äsken määrättyyn aikaan anna valituskirjaansa ja alkuperäistä päätöstä tai oikeaksi todistettua kopiota siitä ynnä muita asiaan kuuluvia kirjoituksia Hovioikeuteen vaan esittelee kirjallisesti välttämättömiä esteitä syyksi siihen, ettei hän voi sitä täyttää, pitää valittajan vahvistaa esteensä asianomaisen Tuomarin, kaupungin Notarion, Papin, Kruununmiehen eli muiden uskottavien miesten hänen kotipaikallaan kirjallisella todistuksella. Asia tulee sitten jättää Hovioikeuden tutkittavaksi ja päätettäväksi, jos valitusoikeus niillä esteillä on säilytetty tai ei.

Ennen mainitulla paikalla ja ajalla
Läänin Herra Kuvernöörin poissa ollessa Kuvernöörin Wiraston puolesta:
V. Nurmi
Määräys
Päätöksen panee toimeen Herra Kruunun nimismies J. Sandelin
Kaskinen 30.7.1881
Vahvistetun päätösjäljennöksen on tänään Lautamies Fredrik Säntin läsnä ollessa jätetty velalliselle talonpoika Heikki Jooseppi Frasalle eli Salolle.
Todistaa:
John Sandelin
Teuvalla 9. elokuuta 1881

Myyntikirja 1881

Minä Heikki Joosepinpoika Frasa ynnä vaimoni Ulrika Juhontyttären suostumuksen nojalla, tämän kautta pois myyn omistamani 5/48 osaa manttaalia Frasanimisestä perintötalosta numero 7 Teuvan pitäjän Perälän kylässä talolliselle Juha Tuomaanpoika Kiilille ja hänen vaimollensa Ulrika Heikintyttärelle sovittua kauppasummaa vastaan neljätuhatta yksisata viisikymmentä (4150) markkaa, joka on maksettava minun eli talon velkoihin niin pitkältä kuin velkoja piisaa ja loppu, mikä kauppasopimuksesta jääpi jäljelle, maksetaan minulle paitsi sanottua kauppasummaa ehdotan minä itselleni minun ja vaimoni elinajaksi yhden tynnyrialan maata vetelän luoman varresta, joka nyt on Juuse Äppelin hallussa sekä huoneistotilan karjankujan ja Frasan maan väliltä. Ostajan tulee myös vastata talosta menevästä syytingistä ja muista sellaisista alkaen toukokuun 1. päivästä, siihen asti vastaa myyjä kaikista menoista, muuten saa ostaja heti talon hallituksen, vaan myyjä pidättää itselleen kaiken tämän vuoden talon maista sekä kylvää tämän syksyisen rukiinkylvön, jonka tämän kautta vakuutetaan Teuvalla elokuun 22. päivänä 1881.

Heikki Joosepinpoika Frasa, Ulrika Juhantytär, vaimo
(*puumerkki*)

Tähän tyytyväiset:

Juha Tuomaanpoika Kiili, Ulrika Heikintytär, vaimo
(*puumerkki*)

Todistaa

M. Nylén Heikki Sammanen (*puumerkki*)
Kirjuri

Yllämainittuna päivänä on ylläseisovaa kauppasummaa minun velkoihini maksettu 261 markkaa, kuittaa Heikki Juusenpoika Frasa

Samana päivänä vieläkin maksettu kauppasumma 3615 markkaa 71 penniä, kuittaa Heikki Frasa (*puumerkki*)

Todistaa

M. Nylén   Heikki Sammanen

Edellä seisova kauppasumma on kaikki täydellisesti maksettu, kuittaa Heikki Frasa

Todistaa

M. Nylén

Närpiön käräjäoikeus 1807, katkelmia

Ote pöytäkirjasta, jota on pidetty laillisilla talvikäräjillä Närpiön pitäjässä ja Teuvan seurakunnassa Bäckin talossa Ylimarkun kylässä 14. huhtikuuta 1807.

Näille käräjille on talollinen Jaakko Jaakonpoika Salo kutsunut veljensä talollisen Jooseppi Jaakonpoika Salon kirjallisella haasteella:

> Talollinen Jaakko Salo Teuvalta haluaa kuulla veljeään talollista Jooseppi Saloa

> tämän vuoden talvikäräjillä Närpiön pitäjässä, jotka alkavat 8. huhtikuuta Bäckin talossa Ylimarkun kylässä koskien aikaisemmin osapuolten välillä solmitun sopimusta, jonka mukaan uutta Hautasaran maata sekä sitä seurannutta haastetun talon tonttia, josta viime mainittua kiirehditään poistamaan esteet ja hankaluudet; haastetun itse tai asiamiehen tulee saapua, koska asia muuten siirretään kokonaan ja ratkaistaan Kristiinassa 23. maaliskuuta 1807. Viran puolesta J. Söderlund

Kun osapuolet siitä syystä kutsuttiin paikalle, sekä asianomistaja Jaakko Salo, jota avusti kersantti ja aatelinen Gustaf Johan Sölvesarm, sekä syytetty Jooseppi Salo, jolla oli mukana hyväksytty valtuutettu hovioikeuden auskultantti herra Benjamin Hollsti.

Sitten haastaja ja valtuutettu kertasivat haasteen sisällön ja esittivät, että koska haastaja haastelulle veljelleen Jooseppi Salolle oli luovuttanut puolet eli 5/24 osaa manttaalia seurakunnan talollisen Salon 5/12 osaa manttaalia verotilasta, se oli tapahtunut sillä ehdolla, että haastetun sitoumuksen mukaan tulisi omasta tahdosta muuttaa vanhan kotitalon tontilta ja perustaa asunto niin kutsulle Hautasaaren maalle. Syytetty oli jo aloittanut talo siirron ja vienyt muutamia taloja Hautasaran maalle kuitenkin niin, ettei syytetty enää aikoisi saattaa loppuun aloitettua siirtoa, vaan syytetty oli sitä vastoin pannut pystyyn uuden rakennuksen ja muutenkin tuonut haastajalle haittaa. Syytettyä vaadittiin muuttamaan edellä mainittu rakennus sekä viemään loppuun uusi muutto Hautalansaran maalle sekä suorittamaan haastajan oikeudenkäyntikulut.

Syytetyn valtuutettu huomautti taas, että koska syytetty yllä esitetyllä tavalla oli saanut haastajalta puolet Salon tilasta, eikä sitä ollut noudatettu, joten haastettu oli sitoutunut ehdoitta muutamaan vanhalta talon tontilta ilman että sopimus oli ollut sellainen.

Haastettu oli nyt päättänyt miettiä, että muuttaa vanhalta kotitontilta siihen liittyvineen suuriin menoihin. Niinpä valtuutettu arveli, että hänen asiakkaansa ei voi jäädä vanhalle kotitontilleen. Se sekä talon muu omaisuus olisi jaettava osapuolten välillä sen jaon mukaan, joka oli tehty 23. toukokuuta 1805. Haastajan pyyntöön, että haastettu siirtäisi pystytetyn rakennuksen, ei pitäisi hyväksyä. Tontti, joka jaossa oli langennut haastetulle, ei aiheuttaisi vähäisintäkään haittaa haastajalle. Haastetun valtuutettu ei halunnut, että haastettu yksin maksaisi muuttokustannukset, mutta haastettu oli nyt enemmän miettinyt muuttaa vanhalta kotitilalta ja maksaa kustannukset.

Päätös: Haastetun tuli muuttaa kotitilaltaan ja maksaa kustannukset.

5. syyskuuta 2007

Velkakirja 1865

Allekirjoittanut maksaa pojalle Krookalle heti pyynnöstä 48 markkaa Suomen hopiassa ja viisi sadalta vuodessa. Raha on saatu ja varattu Teuvalla 6. elokuuta 1865.

Velka on 48 markkaa

Heikki Juusonpoika Saloa

Todistavat

C. H. Österberg   Jaakko Juhaninpoika Saarimäki

Kuitataan maksetuksi 4 markkaa ja 50 penniä 26. syyskuuta 1868.

Kantaja muistutti vastaajan velvoittamista maksamaan kantajalle kohtuullinen palkinto hänen kuluistaan asiassa.

Kantaja käskettiin ulos oikeudesta ja päätettiin:

Koska vastaaja Heikki Juusonpoika Frasa, joka on

laillisesti haastettu eikä ole ilmoittanut estettä, niin Kihlakunnan Oikeus on ottanut tämän asian tutkittavaksi. Koska kantajan vaatimus perustuu selvään ja maksettavaan velkakirjaan, niin tuomitaan Heikki Juusenpoika Frasa velkakirja ja kuittia vastaan kantajalle maksamaan heti vaaditut 48 markkaa ja korko viisi sadalta vuodessa 6. päivänä elokuuta 1865 siihen asti, kunnes velka on maksettu kokonaan. Tästä kuitenkin poisluettuna yllämainittu velkakirjaan ja kantajalle myönnetty maksu sillä tavalla, että ensin lasketaan korko maksupäivään ja loppu pääomasta. Sitä paitsi velvoitetaan vastaaja maksamaan kantajan kulut asiasta kahdella markalla. Kuitenkin tulee kantaja, joka riitaveljeänsä vastaan on voittanut yksipuolisen tuomion, siitä valitusajan jälkeen antamaan hänelle tiedon eli siten hakea ulosottoa. Sen jälkeen, jos on syytä, voi tuoda asian seuraaviin käräjiin saadakseen omansa takaisin. Julistettiin. Aika ja paikka on mainittu yllä.

Kihlakunnan oikeuden puolesta

Ernst W Fahler

Perälän ja Frasan tilojen yhdistäminen 1773

8. syyskuuta 1773
Ote talollisen Jaakko Perälän anomuksesta. Hän on kotoisin Närpiön pitäjästä ja Teuvan kylästä. Perälä haluaisi muutamia vuosia viljellä Frasan tilaa, jonka hän on huutanut julkisessa huutokaupassa. Edellinen talollinen on lähtenyt paikkakunnalta velkojen vuoksi sekä jättänyt sen lähes autioksi.

Tästä ovat varakamreeri ja kruununvouti Krook esittäneet lausunnon, jonka mukaan hän myös on antanut Pohjanmaan konttoriin Vasaan 1. syyskuuta 1773.

Tähän asiaan kuuluvat asiakirjat on esitelty minulle. Tarkastuksen Frasan tilusten taloista ja omaisuudesta ovat suorittaneet oikeuden kirjuri Björk ja tasapuoliset miehet 16. syyskuuta 1771. Voidaan todeta, että tila on nyt aika heikossa kunnossa, joten rakennus ja korjaukset tulevat arvioiduiksi. Sen perusteella vahvistetaan, että yhdistäminen on välttämätöntä. Haluan antaa lautakuntamies Jaakko Perälälle luvan vuotuista korkoa vastaan viljellä kuusi vuotta Frasan tilaa. Hakijaa velvoitetaan tekemään tilan pellot ja erityisesti niityt sellaiseen kuntoon, että kaikki verot siitä voidaan maksaa.

Tästä päätöksestä oikeuden kirjurin tulee jättää asianomainen osa kruunun veroviranomaisille.

Maaherran viraston puolesta

Enis Björk

Rokotustodistuksia 1899

Frasan itsellispoika Kaarle Heikinpoika Perälänkylästä, synt. 22.6.1881 täällä, kuuluu tähän evankelislutherilaiseen seurakuntaan, on rokotettu, Herran pyhällä ehtoollisella käynyt ja nauttii kansalaisluottamusta, jonka Amerikan matkaa varten todistaa Teuvalla 3. päivänä kesäkuuta 1899

J. H. Wehmanen

kirkkoherra

lunastus 50 p

Syväluoman itsellinen tytär, naimaton nuorityttö, Hilma Seliina Juhantytär Perälän kylästä, synt. 24.2.1881 täällä, on rokotettu, Herran pyhällä ehtoollisella käynyt ja nauttii kansalaisluottamusta, jonka Amerikan matkaa varten todistaa Teuvalla 31. maaliskuuta 1900

J. H. Wehmanen

kirkkoherra

lunastus 50 p

Kiinnekirja Kaarle Salolle 1916

Kihlakunnasoikeus

Närpiön Övermarkin ja Korsnäsin pitäjän käräjäkunnassa, Närpiön tuomiokuntaa, tekee tiettävästi, että vuonna 1916 huhtikuun 20. päivänä lakimääräisiä talvikäräjiä toimitettaessa Mickelsin talossa Närpiön pitäjän Finbyn kylässä, annettiin tämä kiinnekirja talolliselle Kaarle Salolle kahdeksaskymmenes (1/80) osalle manttaalia Hertsin verotalosta n:o 2 Närpiön pitäjän Bölen kylästä, minkä talonosan hän kauppakirjalla 1. päivänä marraskuuta 1914 on ostanut talolliselta Petter Hertsböleltä ja hänen vaimoltaan Ida Katariinalta sekä Hugo Granskogilta ja tämän vaimolta Editiltä tuhannenviidenkymmenen (1050) markan kauppasummalla.

Tälle maansaannilleen on Kaarle Salo saanut kolme julkista ja moitteetonta lainhuutoa, kolmannen näillä käräjillä kuluvan huhtikuun 19. päivänä lainhuudatuspöytäkirjan nojalla. Suuremmaksi vakuudeksi on tämä kiinnekirja Kihlakunnan Kihlakunnanoikeuden puolesta puheenjohtajan allekirjoituksella sekä sinetillä vahvistettava. Aika ja paikka edellä mainitut

Paul Cranström

Närpes Domsagas Insegel 1864 (Leima)

Näytetty ja merkitty henkikirjaan. Närpiössä maaliskuun 12. päivänä 1916.

Herman Hauemann

henkikirjuri

Lunastus 1 mk 20 p

Velkakirja 1881

Asian ajovalta annettu Teuvalla 6. heinäkuuta 1881

Talokas Antti Jussila

Todistaa

Juha Suksi Antti Suksi

Kopio

Että Antti Petterinpoika Jussilalle maksan minä allekirjoittanut heti summan seitsemänsataa (700) Suomen markkaa ynnä juoksevan 6 prosentin kasvun kanssa, raha saatu ja otetaan vastaan Teuvalla 22. marraskuuta 1872.

Velka on 700 Suomen markkaa ynnä 6 prosentin kanssa

Taloon isäntä Heikki Juusen poika Salo

Täällä seisovan velkasumman 700 Suomen markkaa ynnä kasvu kanssa menemmä allekirjoittaneet täyteen lailliseen takaukseen ja myös maksuun, niin kuin oma velkamme kaksi yhden edestä ja yksi molempien edellä sanotulla ajalla ja paikalla

Takaus

Taloon isäntä Juho Heikin poika Perälä ja

Taloon isäntä Antti Heikin poika Perälä

Todistaa

Juuse Heikinpoika Präiskä ja Maija Liisa Hällsten

(Päätös ja takavarikko mainninta)

Herra kuvernöörille Vaasan läänissä

Päätös

Näistä asiakirjoista on todistettu kopio annettava talokkaalle Heikki Juusen poika Salolle eli Frasalle, jonka tulee kahdessa viikossa osa saatua, tänne antaa kirjallinen selitys asiassa, jos hän tahtoo semmoista etua käyttää. Muutoin ja koska hakijan kysymyksen alainen velkoomus perustuu selvään velkakirjaan... katsoo kuvernöörin virasto oikeaksi määrätä, että asianomaisella Kruunun nimismiehellä on valta hakijalta hänelle annettavaa takausta vastaan kuluista ja vahingosta takavarikkoon hukkaamisesta panna niin suuri osa vastaajan omaisuutta, joka arvossa vastaa mainittuun velkoomukseen. Osan annon tapahduttua ovat kirjat hakijalta kuudesosa viikossa tämän perästä tänne takaisin annettava ynnä osa annon todistus ja selitys siitä, että myönnetty takavarikkoon pano on tapahtunut, kaikki tämä, jos asiaa on jatkettava ja takavarikko katsottava pysyväiseksi.

Vaasan läänin Maakanslia heinäkuun 13. päivänä 1881.

Kuvernöörin viraston puolesta

J. Ekström

Lunastus 2 mk 40 p

Että talollinen Heikki Juusen poika Salo eli Frasa, tästä pitäjästä tähän todistettuna kopiona velkakirjan mukaan 22. marraskuuta 1872, niin pyydän nöyrimmästi, että hän laillisesti velvoitettaisiin suorittamaan minulle siinä ensi pyynnössä luvatut 700 mk ynnä laillisen kasvun kanssa edellä mainitusta päivästä 1876, kuin myös palkitsemaan minulle tästä oikeudenkäynnistä tulleet kustannukset. Sitä paitsi ilmenneestä syystä pyydän, että Heikki Salon omaisuus sillä välin tämän saamisen vakuudeksi asianomaiselle nimismiehelle annettua takausta vastaan, otettaisiin takavarikkoon menettämistä vastaan.

Teuvalla heinäkuun 6. päivänä 1881

Antti Jussila

Talokas

Kalle Salon runoutta

Kuullos kultani näin!
Ja tules tännepäin!
Minulla on niin ikävä, kun yksin
tänne jäin.
Heti sull' on sydämmeni.
Antaisin mä kultaseni
Kun vaan täksi hetkeksi
tulisit mun luokseni
Tules tänne kultaseni
lohruttamaan minua!
Sillä minun syrämmeni
halaa nährä sinua!
Sinussapa syrämmeni
lohrutuksen löyrän vielä
Waikka se on niin kaukana
ja eksyksissä surun tiellä
Kun kultani tulee lähelle
niin luulee sen herraiseksi
ja seksi, Kun kultani tulee
lähellen luulee sen herraiseksi
Joka on järvellen joutunut
se rannallen kai soutaa ja soutaa,
Joka on järvellen joutunu

Se rannallen kai soutaa
Kyllä se tulee jahka se joutuu
jahka se joutuu jahka se joutuu
Kyllä se tulee jahka se joutuu,
Kultani minua hakemaan.
Silloin se vasta rakkaus syttyy
Rakkaus syttyy, rakkaus syttyy
Silloin se vasta rakkaus syttyy,
Trallalla lallalla lallalla
Se rakkauden riekale,
joka rinnassani raksuttaa
Ei taira ennen sammua
Kun kuolla kupsahtaa.
Koivikollen kalliolleen
Mökkini mä rakennan,
Tule tule tyttö nuori
Asumaan mun kanssani
Elä pelkää tyttö nuori,
Waikka olen köyhä mies.
Kyllä meitä maailmassa
Onni seuraa vielä myös

Muistoja Kalle Salosta

Ulla Sillanpään (o.s. Salo) haastattelu

Ulla Salo syntyi Bertta ja Pentti Salon perheeseen 1959. Syntymäpaikka oli Viiti, jossa Ulla on asunut koko elämänsä. Hän asui niin sanotulla vanhalla puolella 6 ensimmäistä vuotta, mutta aloitti koulun uudelta puolelta. Pentin veli ja kirvesmies Aate toimi nokkamiehenä, kun uutta taloa rakennettiin.

Ulla meni naimisiin Kauko Sillanpään kanssa. He saivat kuusi lasta, jotka asuvat nykyään keskisessä Suomessa.

Viitin koulua Ulla kävi kaksi ensimmäistä vuotta. Koulu lakkautettiin vuonna 1968, jolloin jäljellä oli enää 8 oppilasta. Ulla piti onnena, että Viitin koulu loppui, koska hän pääsi jatkamaan Perälän kouluun, jossa opetus oli yhdelle luokalle eikä monelle luokalle niin kuin Viitissä. Ullan opettajana Viitissä toimi vuodesta 1934 lähtien virkaa hoitanut Kerttu Panula, ensin Luoman koulussa ja sitten Viitin koulussa. Kaikki viimeiset oppilaat Viitin koulussa kävivät alakoulua. Peruskoulu tuli 1970-luvun tienoilla. Perälän koulussa Ulla kävi 3. ja 4. vuosikurssin. Sitten kutsui kirkonkylässä toimiva keskikoulu.

Ainoana lapsena Ullan oli hakeuduttava leikkimään kylän muiden lasten kanssa. Vainiolassa löytyi lapsia joka lähtöön. Marianne oli vanhin 1958 syntynyt, Jukka näki päivänvalon 1959. Lisäksi Vainiolan jälkeläisiä olivat Pirjo ja Ilpo. Pajumäestä löytyi lisää leikkikavereita, mm. Harri. Seppälän Vesakin kuului leikkiporukoihin. Vuonna 1959 syntyneitä olivat Ulla, Vesa ja Jukka. Ahon Paulakin liittyi rientoihin, vaikka olikin vähän vanhempi. Naimisiin mennessä Paulasta tuli Korpi. Hän asuu vielä Viitissä samalla paikalla kuin Aholan Eino ja Sylvi asuivat eli lähellä kylätupaa.

Naapurissa asui Urpo Salon lapsia eli Ullan serkkuja. Soile Salo oli Ullaa viisi vuotta vanhempi. Hän kuoli nuorena aivoverenvuotoon. Ulla oli kiinnostunut Soilen koulunkäynnistä, koska Soile oli niin paljon ylempänä.

Viitin koulussa ruuanlaitosta vastasi Onerva Ahola. Opettajalla ja keittäjällä oli pitkään ollut huonot välit. Ulla muistaa, kuinka eräänä kylmänä pakkaspäivänä Onerva oli suuttunut jostain asiasta Kertulle. Onerva ei ollut lämmittänyt luokkia ollenkaan, joten luokassa piti istua lapaset käsissä. Jonkin aikaa opettaja ja oppilaat sietivät kylmää, mutta kun piti ottaa kynä käteen, niin kirjoittaminen ei onnistunut rasat kädessä. Opettaja komensi porukkansa yläkertaan, jossa oli lämmintä. Loppupäivä käytiin koulua yläkerrassa. Seuraavana päivänä keittäjä oli taipunut lämmittämään luokan, joten elämä jatkui siellä.

Koulukinoista Ulla on lukenut kirjoittamastani Viitin koulun historiasta ja kuullut vihjailuja koulun suhteista kylätuvalla.

Ulla kulki keskikouluun bussilla, joka ajoi valtatie 67:ää. Bussi pysähtyi neljän tien risteyksessä: Seinäjoki–Kaskinen–Salonpää–Viiti. Bussi kiersi Salonpään kautta läpi Perälän ja palasi sitten valtatielle. Viitistä keskikoulua yhdessä Ullan kanssa kävivät Pajumäen Harri ja Seppälän Vesa.

Yleisesti ottaen keskikoulussa oli rauhallista. Koulun alettua ja päätyttyä piti joskus odotella. Aika kului kirkolla käppäiltäessä. Ostettiin karkkia, jos oli rahaa. Toimintaa ei ollut ennen ja jälkeen koulun. Itse piti valita, mitä tekee vapaa-aikana. Koululla ei saanut odottaa. Kulmakahvilakin oli poistunut kuvasta. Siellä aikaisemmin oppilaat viettivät aikaansa lukemalla lehtiä ja kuuntelemalla musiikkia. Sen sijaan Ulla ja muut odottivat eräässä liikehuoneistossa sijaitsevassa baarissa bussia, joka pysähtyi talon taakse.

Ullan rehtorina toimi aluksi koulun pitkäaikainen opettaja ja rehtori Anni Soljanlahti. Päästyään eläkkeelle Annin sijalle tuli Aatos Ahomäki.

Opettajista Ulla muistaa Rinta-Säntin Maunon, joka oli hänen luokanvalvojansa. Ullan mielestä Mauno oli isällinen hahmo. Mauno haisteli usein, onko tupakoitu, ja saarnasi hyvistä elämäntavoista oppilaille. Lisänimi 'äijä' on vuosien kuluessa kadonnut. Hän opiskeli Oulun yliopistossa matematiikkaa, jota hän myöhemmin myös opetti. Aikaisemmin hän oli liikunnan opettaja. Parhaiten hänet muistetaan kuitenkin hyvänä muusikkona. Viulu oli hänen lempi-instrumenttinsa. Hän oli syntynyt vuonna 1934 ja on edesmennyt.

Muista opettajista Ulla muistaa Anneli Koivun ja Antti Koivun. He olivat uusia innokkaita opettajia. Antti opetti äidinkieltä ja Anneli opetti englantia uusin opetusmenetelmin. Anneli opetti paljon kirjan ulkopuolelta asioita. Ulla ei pitänyt itseään hyvänä aineenkirjoittajana. Omasta mielestään mielikuvitus saattoi puuttua. Kielioppi oli vielä silloin kunniassa. Aineita kirjoitettiin silloin usein sekä koulussa että kotona. Haastattelut olivat Ullan kouluaikaan tulleet muotiin. Ullakin kävi haastattelemassa äidinäitiään. Haastattelut piti esittää suullisesti, mikä Ulla mielestä oli aivan hirvittävää ja ahdistavaa. Syytä Ulla etsi sivukylässä elämisestä sekä siitä, että ei hän ollut koskaan käynyt puhetilaisuuksissa.

Mieliaineet liittyivät liikuntaan. Jo Perälän koulussa Ullan liikuntaviettiin oli vastannut opettaja Ossi Rintala. Hän oli urheilullinen, nuori ja innokas. Ulla sai oppia erilaisia pelejä Perälässä, mm. pesäpalloa. Hyvä puoli oli myös se, että oppilaita oli niin sen verran paljon, että saatiin joukkueita. Oli kuin olisi päässyt uuteen maailmaan pienestä kyläkoulusta. Perälän ala-asteella oli noin sata oppilasta. Ossi on kuollut, mutta hänen vaimonsa, myös opettaja, elää. Ullaa kiinnostivat myös tyttöjen käsityöt.

Ulla ei jatkanut koulua keskikoulun jälkeen vaan siirtyi työelämään. Koska perheessä ei ollut muita lapsia, niin kesät kuluivat kotona kasvihuoneilla. Aluksi hän oli töissä palkollisena kotona, mutta myöhemmin isän sairastettua ja miehen löydyttyä hän siirtyi enemmän ja enemmän kokonaisvaltaisesti kasvihuonealalle. Sukupolven vaihdos tuli ajankohtaiseksi vuonna 1981, jolloin Ullalle oli kertynyt ikää 21 vuotta. Mies oli samaan aikaan 23 vuotta. Metsä- ja maatalous liittyi myös kuvaan.

Enimmillään kasvihuoneita oli kahdeksan, joten työtä riitti. Kasvihuoneita viljeltiin vain kesällä. Keskuslämmitys pidensi jonkin verran viljelykautta. Osa lämmityslaitteista toimi öljyllä. Kun sähkö meni pois, niin polttimessa syntyi häiriöitä. Nappia piti käydä painamassa, jotta poltin käynnistyi uudestaan. Ullan isä ei pitänyt moisesta, sillä kahdeksan huonetta vaati paljon painamista. Kun kierros oli tehty, voi olla, että sama häiriö tuli heti uudestaan. Lieviä paleltumia kasveille saattoi tulla, ei koskaan kuitenkaan täystuhoa. Taimet tehtiin itse. Ullan sedällä Arvilla oli kaksi huonetta. Urpolla oli lisäksi kolme kasvihuonetta. Urpon vaimo Maire hoiti etupäässä niitä.

Kylätupa

Ulla on ollut mukana myös kyläyhdistyksessä sen perustamisesta lähtien 1982. Hän otti paikan heti hallituksessa, jossa hän istuu vieläkin. Hallitukseen ei ole liiemmälti ollut tunkua. Ulla oli aktiivisena mukana, kun päätettiin ostaa Bölen vanha kansakoulu kylätuvaksi.

Rakennusvaiheessa ei voi sanoa, että joku olisi ollut toista ylempänä, vaan työt jakaantuivat ikään kuin automaattisesti kunkin edellytysten mukaan. Rakentamista voisi kuvata muurahaispesäksi, jolloin kaikki kantoivat kortensa kekoon. Yhdistyksen ensimmäinen puheenjohtaja oli Erkki Pajumäki. Hän jälkeensä tuli Ole Snickars. Muita puheenjohtajia ei ole ollutkaan. Ulla pitää kylätuvan aktiivisinta aikaa kylän nousukautena.

Parhaimmillaan jäseniä oli heti alkuvaiheessa. Jäsenmääriin ovat vaikuttaneet paljolti luonnolliset kuolemat. Vanhat ihmiset olivat tosi innokkaita osallistumaan toimintaan. Saatiin syntymään mm. hirvipäivälliset jo 1984. Tarvittiin rahaa, koska rahaa ei ollut yhtään, kun päätettiin aloittaa kylätuvan rakentaminen. Velkaakaan ei tosin syntynyt. Koko ajan osallistuttiin myyjäisiin. Hyvin tuottoisia olivat kranssit. Rahaa ovat myöntäneet myös Teuvan ja Närpiön kunnat sekä Närpiön seurakunta. Kylätuvan rakentaminen oli tosi suuri voimanponnistus pieneltä kylältä. Ilmapiiri oli innostava. Kökät olivat erittäin mieluisia ja iloisia. Mieleen on jäänyt myös sunnuntaikahvit, jotka pyörivät kauan aikaa. Vuorot kiersivät talosta toiseen. Kutsut jaettiin postilaatikkoon ja väkeä tuli valtavasti. Vapaaehtoinen kahvimaksu oli 5 euroa. Tuotto meni yhdistykselle. Vesiriita vaikutti myös kyläyhdistyksen toimintaan. Se teki valtavan loven kylään. Aika on myös tehnyt tehtävänsä. Nuorilla ei ole enää kiinnostusta. Rahkeet eivät enää riitä toiminnan pyörittämiseen.

Suuriin voimanponnistuksiin kuuluivat myös juhlat, jotka järjestettiin kyläläisille ja kylästä muuttaneille. Juhlien ajoitus saattoi olla oikea-aikainen. Einilläkin saattoi olla osuus, kun väki saatiin liikkeelle. Ulla muistaa myös, kuinka pyhäkouluopettaja Elle Tasanko kuvattiin kylätuvan seinällä pyhäkoululaisineen.

Pyhäkoulu ja uimataito

Ullakin ollut käynyt Ellen pyhäkoulua. Hän muistaa, miten Elle kertoi raamatun tarinoita. Ulla muistaa lammastarran. Jeesuksen ympärille tarraan liimattiin lampaita, jotka osoittivat kunkin käyntikerrat. Ulla muistaa edelleen kesäleirit, jolloin yövyttiin Perälän Kukkarossa. Ullaa kohtasi pakokauhu, kun piti lähteä leirille yöksi. Hän lähti kotiin. Elleen iski myöhemmällä iällä kaihi. Hän halusi tunnollisesti jatkaa perinteitä ja vei lapsia Piolahteen uimaan. Hän pyysi kuitenkin varmuuden vuoksi Ullaa mukaan valvomaan, ettei kukaan vain huku. Ullan uimataidot on itse hankittuja kasvihuoneen laarissa.

Urpo vei kerran lapset Piolahteen uimaan. Siellä Ulla ihmetteli, kuinka Soile ui niin nopeasti, mutta hän kiersi vain kehää, suoraan uiminen ei onnistunut, koska laarissa tuli opittua kehäuintia. Talvella Ulla on käynyt uimahalleissa ja jopa avantouinti on ollut tuttua. Tosin se on jäänyt iän karttuessa. Kun Ullan mies ja kylän poliisi rakensivat saunan tavallaan maan alle Perälästä tuoduista rakennusosista, niin siihen rakennettiin paikka avantouintia varten. Sauna ja uinti olivat tosi virkistävä yhdistelmä. Saunan lämmittäminen on aikaa vievää, joten erämaasaunassa ei jaksa käydä.

Nykyhetki

Kasvihuoneviljely loppui, kun mies meni pois. Yksin Ulla ei jaksanut jatkaa kasvihuoneviljelyä vaan lähti Piolahteen kasvattamaan taimia. Siellä on kulunut jo yli kymmenen vuotta.

Nykyaika näkyy myös Ullan ikkunasta ja kylään. Kylän lounaspuolella seisoo vielä käyttämättömiä tuulimyllyjä. Kaiken kaikkiaan niitä pitäisi tulla noin 50.

Ullalle lähestyy myös pian eläkeikä. Hänellä riittää kyllä touhua eläkkeelläkin, koska hänellä on itsellään 6 lasta. Vanhin on 44 vuotta ja nuorin on 30 vuotta. Ulla oli itse 20-vuotias, kun Kaisa ilmestyi maailmaan. Lapset asuvat kuitenkin suhteellisen lähellä: Kaisa Vähässäkyrössä, Maija Äänekoskella, Hanna Jyväskylässä, Jussi Ilmajoella, Ville Laihialla ja Emmi Vaasassa. Lapsenlapset saapuvat useimmiten vierailulle isoäitinsä luo. Joskus tehdään toisinpäin. Onneksi yhteyden pidossa auttaa ajokortti, jonka Ulla hankki jo 17-vuotiaana erivapaudella, koska hänen isänsä terveys alkoi heikentyä.

Kasvihuonetoiminta vaati paljon liikkumista. Traktorin taakse piti asettua jo hyvin aikaisin, mikä oli vaikeaa, koska kroppa ei ollut vielä kehittynyt. Heti koulun jälkeen Ulla joutui kuljetustoimiin. Hänen piti auttaa paljon setäänsä Arvia myös kuljetuksissa, mm. pahnojen kuljettamisessa kasvihuoneisiin. Sedältä ei onnistunut muu kuin polkupyörällä ajo. Kerran metsätöissä sattui olemaan kaksi traktoria, jotka piti kuljettaa kotiin. Ullan isä ajoi toista ja neuvoi setää, mitä pitää tehdä, mutta opit unohtuivat saman tien. Koneet eivät kiinnostaneet Arvia.

Närpiö ja kieli

Vaikka Ulla on käynyt koulut suomeksi, niin hänellä ei ole valittamista, vaikka asuukin Närpiössä. Terveyspalvelut tulevat Närpiöstä, mutta siinäkään ei mitään valittamista. Palvelut ovat toimineet hyvin. Närpiön neuvolakin on hyvin palvellut suomeksi. Samoin Ullan äiti sai hyvää hoitoa vanhuspalveluksessa, vaikka olikin Närpiössä vain pari kuukautta. Bertta pelkäsi kuitenkin vähän, kun hän ei osannut ruotsia. Hän halusi Teuvalle lähinnä, koska hänen siskonsakin oli siellä. Oman siskon vierailut nostivat huomattavasti elämän laatua. Viitin ruotsinkielisten kanssa yhteistyö sujuu kitkatta.

Ulla kertoi vielä jutun Kallesta. Se liittyi kieleen. Joillakin suomenkielisillä on tapana hurritella ruotsinkielisiä. Kalle opetti lapsille, että ei saa koskaan sanoa hurri. Lapset ovat oppineet läksynsä kotoa. Ulla on oppinut hyvän tavan isältään. Ainut ulkomaalainen Viitissä on Vilénin Tapion puoliso Mira, jonka äidinkieli on venäjä. Tapio poistui tästä maailmasta varsin nuorena.

Diabetes, juhliminen ja muita aiheita

Pitkään juttelimme päihdyttävistä aineista ja diabeteksesta. Ulla muisteli kerran käyneensä kaupassa Perälässä. Siellä sattui olemaan paikkakunnan tunnettu humalikko. Hän kuulutti kovalla äänellä, että pitää ostaa ruokaa, koska Viitin raskas remmi oli tulossa kylään.

Keskustelimme myös Viitissä vallinneesta juhlimisen tilasta. Osattiin tehdä sekä kiljua että pontikkaa. Omankyläläiset pääsivät nauttimaan niitä, koska oli liian vaarallista lähteä myymään ainetta. Lisäksi keskustelimme ongelmista, joita liiallinen aineiden käyttö oli aiheuttanut. Monet lopettivat, kun he olivat joutuneet pakon eteen. Toiset eivät taas pystyneet lopettamaan.

Ullan isällä oli vaikea diabetes, niin vaikea, että lopulta häneltä piti amputoida jalat. Hän joutui kulkemaan loppuajan rullatuolissa. Puhuimme paljon epäterveellisestä ruuasta, kuten lihasta, sokerista ja pullasta.

Puheet sivusivat myös sähköä ja sähkön hintaa. Caruna sai omat moitteensa. Se kerää rahaa laki turvanaan.

Puhuimme edelleen muistisairauksista, koska ne ovat valtavasti yleistyneet viime aikoina. Pahinta lienee, kun ihminen itse ei tiedosta tilaansa. Lisäksi se tulee hiipimällä. Heillä on kaipuu kotiin, koska he luulevat pärjäävänsä omin päin siellä. Vanhat asiat palautuvat hyvin mieleen, mutta saattaa olla, että aivojen varastot ovat jo liian täysiä muistoista. He saattavat unohtaa oman avioliiton kautta syntyneen perheensä, mutta lapsena ollut perhe on kirkkaana muistissa. Lääkäri voi sanoa muistisairaalle, että sinulla on pitkälle edennyt muistisairaus. Sitten hän saattaa ihmetellä, ettei kukaan ole sanonut mitään.

Ulla oli jutellut äitinsä kanssa, kun televisiosta tuli juttua hoitajapulasta ja että niitä pitää hankkia ulkomailta. Ulla sanoi äidilleen oleva hyvä asia, että hänellä suomea osaavat hyvät hoitajat. Sitä ei tiedä, onko enää Ullan aikana yhtä hyvä tilanne. Äiti oli vain todennut, että kyllä minä sinua sitten hoidan.

Omalla työpaikallaan Ulla selviää suomella, mutta ymmärtää kuitenkin auttavasti ruotsiakin. Närpiöläiset osaavat kyllä hyvin suomea, varsinkin nuoret. Ongelmia syntyy ulkomailta tulleiden työntekijöiden kanssa, jotka ovat opetelleet vain ruotsia. Heidän pitäisi omalla ajallaan opetella suomea, mihin harva pystyy. Ullan mielestä pelkällä ruotsilla mahdollisuudet ovat rajatut. Ulla muistaa, kun hän lapsena meni äitinsä kanssa kauppaan Närpiöön, niin saattoi syntyä ongelmia. Tilanteita syntyi, kun Ullan äiti yritti tiskiltä pyytää jotain suomeksi, niin myyjä osasikin vain ruotsia.

Ulla on jäänyt Viitiin. Hän itse sanoi, että hänestä on tullut kylävaris, joka ei lähde mihinkään suuntaan. Ulla murehti jo vanhuutta. Talo ei ole hänen mielestään mikään vanhuksen asunto, sillä ympäristöstä on niin paljon työtä. Lämmitys ja ruohonleikkuu vaativat voimia. Lapset eivät halua muuttaa takaisin syntymäseudulleen. Ulla asetti toivonsa lastenlapsiin. Ongelmana on, että eläminen Viitissä on taloudellisesti vaikeaa. Kaskinen saattaa olla pelastus, jos uusi suunniteltu tehdas toteutuu. Se työllistäisi paljon ihmisiä. Kristinaan suunnitellaan vetylaitoksia, jotka olisivat melkoinen piristysruiske Suupohjalle. Puhuttiin myös Kaskisen ja Närpiön liitoksesta. Ulla ei oikein tiennyt, mikä mättää. Tehdas olisi kyllä Kaskisten pelastus. Kaskisten rautatie huoletti myös, koska valtio ei ole luvannut rahaa siihen. Samaten huonot tiet kiinnittivät huomiota. Ne ovat paikka paikoin muuttuneet jopa vaarallisiksi. Kun Kaskisen tehtaat pyörivät vielä täysillä, niin valtatie 67 päällystettiin yhtenään.

Pentti (1929–2005)

Pentti, niin kuin moni hänen ikäisensä, aloitti työnteon metsästä. Samaten salaojat kävivät hänelle tutuiksi. Silloin salaojat aukenivat vielä pelkällä lapiolla. Työtä varten Pentti osti moottoripyörän, jolla hän kävi Ähtärissä asti aukomassa salaojia. Pentti hankki myös ensimmäisenä moottorisahan kylään. Pentillä voimaa riitti pitämään moottorisahaa pidempäänkin käsissä. Hän oli myös rakentamassa Viitin koulua ennen sotaväkeen menoa. Pentti teki välikattoa ja sanoi sen olleen tosi raskasta työtä, koska kädet piti koko ajan olla ylöspäin. Sotaväki tuntui kuulemma sen jälkeen helpolta.

Pentti otti vaimokseen Bertan Pappilanhaasta läheltä Pappilankangasta. Bertta työskenteli piikana 10 vuotta Niemen talossa Perälässä. Bertta piti piikapaikkaansa hyvänä. 10 vuoden palvelusta Ullan äiti sai valita lahjaksi lehmän, jonka kanssa hän saapui Viitiin. Lehmän nimi oli Oilikki. Ulla pääsi harjoittelemaan lypsämistä tällä säyseällä ja kiltillä lehmällä.

Ennen Penttiä perheeseen syntyi 1925 Elma vanhimpana. Sitten tuli Aate. Eero kuoli pienenä. Seuraava jonossa oli Aarne, joka myös kuoli pienenä. Seuraavana näki päivävalon Elmi, joka syntyi 1919 ja asui

Myrkyssä. Toinen Aarne oli myös vanhempia. Hän oli kuuromykkä ja tapasi leikkiä paljon Ullan kanssa. He pelasivat mm. Mustaa Pekkaa. Aarnen pokka ei pitänyt, kun vastapeluri aikoi nostaa Mustan Pekan, vaan kasvoille levisi hymy. Arvi (1922–2005) oli järjestyksessä seuraava. Sitten oli nuorena kuollut Eira. Väinö-niminen kuoli nuorena miehenä keuhkotautiin. Sitten ilmestyi jonoon Urpo. Sitten tuli vasta Pentti. Pentin jälkeen tulivat vielä Kaarle ja Oiva.

Äiti Maria joutui koville näin suuren perheen kanssa. Pyykkiä kertyi valtavasti vietäväksi luoman rantaan. Jäähän tehtiin reikä. Maria oli polvillaan reiän vieressä ja huuhteli pyykkiä. Emännän työn saattoi tehdä raskaaksi myös poikien iso lukumäärä. Salolaiset olivat tunnetusti kovia syömään, joten leipääkin tarvittiin paitsi kotona niin myös metsätöihin. Arvi autteli eniten äitiään kotitaloustöissä.

Pentti ja Bertta menivät naimisiin 1958. Pentti oli hyvä kertomaan juttuja, jotka polveilivat laidasta laitaan. Lisäksi häneltä sujuivat matkiminen ja laulaminen. Hän tapasi matkia pappeja ja veisata. Rumatkin laulut olivat hallinnassa.

Pentti myi aluksi tomaatit ja kurkut Kallion Birgerille, jolla taas vuorostaan oli omat kanavat eteenpäin. Perälässä toiminut Puutarhakunta toimi myös välittäjänä. Se sijaitsi nykyisestä West Weldingistä hieman eteenpäin kohti Teerennevaa. Puutarhakunta lopetti kuitenkin toimintansa, joten piti taas etsiä uusi tomaatinhakija. Katseet kääntyivät Närpiöön, josta löytyi Botnia Vihannes. Se toimi myöhemmin Lapväärtissä. Sen nimi oli myös Pomfrites, joka tomaatin lisäksi myös perunan välittäjänä. Koska Pentillä oli perunanviljelystä, niin nekin vietiin sinne. Toimittaja haki loppuvaiheessa tuotteet säännöllisesti.

Myöhemmin kasvihuonelämmitys toimi keskuslämmityksen avulla, huoneet korvattiin muovihuoneilla ja kastelu automatisoitiin. Letkut joutivat unhoon. Kasvihuoneessa oli monta työvaihetta. Taimien kasvattaminen ja istuttaminen olivat oma vaiheensa. Työasennot olivat vaikeita, koska piti olla paljon matalana ja kyykyssä. Syksyllä kasvustojen poistaminen oli myös voimille käyvää. Narutus, kiertäminen ja varkaiden poiminen vaativat omat ponnistelunsa. Pölytys suoritettiin yhteen aikaan täristinlaitteella. Sitten oli kehitetty kimalaisten käyttö pölytyksessä. Niitä sai ostaa kasvihuoneliikkeestä Närpiöstä. Ulla kutsui niitä siirtotyöläisiksi. Kimalaiset olivat nöyriä ja pysyivät omassa pesässään. Kasvihuoneviljely kehittyi aikaa myöden suhteellisen rivakasti. Ullan aika kasvihuoneviljelijänä kesti vuodesta 1981 vuoteen 2010. Närpiössä oli kehitetty valoviljelyä, johon Ulla ei enää lähtenyt mukaan. Närpiön kasvihuonevalot heijastuvat Viitiin asti. Ulla siirtyi toisen palvelukseen taimitarhalle, jossa tehdään tomaatin, kurkun ja paprikan taimia. Toiminta on läpivuotista.

Pentti oli kyläyhdistyksen jäsen, mutta hän ei voinut sairautensa vuoksi muuta kuin olla hengessä mukana ja auttaa kylätupaa rahallisesti.

Pentti ja muutama muu kyläläinen tulivat kuuluisiksi kirkosta eroamisensa vuoksi. He lähtivät Närpiön seurakunnanvirastoon ja sanoivat jättävänsä kirkon. Syyksi he mainitsivat Salon Pentin lähellä olevan metsän, joka oli myyty seurakunnalle. He olivat sitä mieltä, että kirkon ei pidä haalia omaisuutta itselleen ja ostaa metsää veronmaksavien rahoilla.

Pentti ei puhunut juurikaan politiikkaa kotona, mutta Ullan setä Arvi puhui sitäkin enemmän. Ulla sai sen vuoksi kyllikseen politiikasta. Veljekset saattoivat joskus änkätä, koska Arvi piti lujasti kiinni omista periaatteistaan. Arvi saattoi jo aamuvarhain tulla Pentin puolelle ja selittää näkemyksiään radion ja TV:n uutisiin. Ullan palattua koulusta sama kinastelu jatkui. Tosin veljekset olivat ehtineet tehdä töitäkin. Arvi oli vielä iltapäivälläkin kiihkeänä. Arvin elämä oli tavallaan katkolla politiikasta.

Pentin taloudessa oli karjaakin, mutta vauhtia se sai, kun Bertta tuli kuvioihin. Hän oli ammatiltaan karjanhoitaja. Hän oli suorittanut opiskelujakin alalta. Talon maidot vietiin Närpiöön.

Karjatalous piti lopettaa, koska sinne piti mennä samaan aikaan kuin kasvihuoneisiin. Ne eivät sopineet yhteen. Kun Ulla täytti 7 vuotta, niin karja hävitettiin. Peltoakin oli noin 10 hehtaaria, josta saatiin lehmille heinää ja laidunta. Pentti osti aikanaan maata, sillä ennen naimisiinmenoa maita oli vain noin kaksi hehtaaria.

Suvun jatkuminen oli aikoinaan hiuskarvan varassa. Kallella oli nainen Perälästä. Nainen muutti noin puolen vuoden päästä perässä Amerikkaan. He menivät naimisiin ja saivat lapsen, jolloin vaimo ja lapsi kuolivat synnytykseen. Kalle jäi leskeksi hyvin nuorena. Kalle muutti Suomeen, kun hänen äitinsä Ulrika tuli vanhaksi. Hän pyysi Kallea Suomeen, mihin hän suostuikin. Sitten Kalle löysi uuden vaimon, joka oli omaa sukua Saari. Ulla ajatteli, että Kalle luopui politiikasta, koska perhe kasvoi ja vei kaiken ajan. Kallesta lapsista ensimmäinen Viitissä syntynyt oli Urpo. Kallella oli jo 6 lasta, kun hän muutti Viitiin. Kallen elämä loppui vuonna 1957. Kallen kuoleman jälkeen alkoi tapahtua. Pentti ja Arvi jakoivat talon puoliksi. Pentti meni sitten naimisiin aika pian.

Ulla muistelee vielä, että Seppälän Vihtori oli naimisissa aluksi Kallen siskon kanssa. Koska pari ei saanut lapsia, niin Elma oli tavallaan heillä kasvatuslapsena. Kun Vihtori meni yhteen Selman kanssa, niin Elma palasi kotiin.

Elmi

Elmi asui Myrkyssä. Hänen miehensä nimi on Sven. He kävivät säännöllisesti Pentin perhettä tapaamassa. Pentti vei myös oman perheensä vierailulle Myrkkyyn. Elmikin on jo siirtynyt kauan sitten rajan taa.

Kaarle (Kassu)

Kaarlea puhuteltiin aina Kassuksi. Hän oli Oivan tavoin erikoistunut autojen korjaamiseen ja huoltoon. Hän muutti sittemmin Tampereelle, jossa hän oli hyvin kysytty raskaan kaluston korjaaja. Firma edusti joko Volvoa tai Scaniaa. Viitissä hän kävi ahkeraan kesälomilla. Hän oli sonnustautunut hienoon pukuun tullessaan kylään. Maalla ei niin hienosti pukeutunutta miestä juuri näe. Vielä eläkkeellä ollessaankin hän teki jokakesäisen vierailun. Yleensä vierailu jäi yhdeksi yöksi, mutta hän ehti käydä kuitenkin tutuissa paikoissa. Kaarle oli naimisissa ja oli saanut yhden pojan ja kolme tyttöä. Poika koki traagisen kohtalon nuorena aikuisena hukkuessaan. Kassu ja hänen puolisonsa Airi erosivat myöhemmin. Toinen vaimo oli nimeltään Liisa. Hän oli töissä tehtaassa. Kassu on jo jättänyt maallisen vaelluksen, mutta yhteydet jälkeläisiin, varsinkin vanhimpaan tyttäreen, ovat säilyneet. Vanhemmalla iällä yhteydet ovat taas tiivistyneet. Ne pääsivät vähän väljähtymään molempien ruuhkavuosien aikana. Molemmilla on huolena palvelukodissa elävät äidit.

Kassu asui monessa eri paikassa Tampereella. Hän oli myös jonkinlainen kauppamies. Erityisesti autoja hän vaihtoi usein eli myi ja osti. Samaten asuntoja myytiin ja ostettiin usein Liisan kanssa.

Kassu oli osakkaana Perälän vanhassa kansakoulussa toimineessa autokorjaamossa. Muut osakkaat olivat Kassun veli Oiva ja Artti Ahola. Korjaamon loputtua Kassu suuntasi Tampereelle.

Arvi

Arvi eli koko ikänsä poikamiehenä samassa talossa kuin Ullan isä Pentti. Ulla ei löytänyt vastausta siihen, miksi Arvi ei mennyt naimisiin. Arvi oli oman tiensä kulkija. Hän oli voimakastahtoinen, piti kiinni lujasti omista mielipiteistään, jotka saattoivat joskus jopa huvittaa ulkopuolisia. Luonne vaikutti koko hänen poliittisiin mielipiteisiinsä.

Arvi oli sodan käynyt mies. Siellä kului peräti viisi vuotta. Pienessä humalassa hän saattoi muistella sotaa. Hän ei poikennut siinä mielessä yleisestä kaavasta. Miehet eivät selvin päin muistelleet sotakokemuksiaan.

Arvi tunnettiin ennen kaikkea kirvesmiehenä. Viitissä hän rakensi mm. Linus Bölingin talon, Lenni Mäkelän ulkorakennuksen ja Eino ja Sylvi Aholan kodin lähelle kylätupaa. Siellä asuvat nykyään Paula ja Niilo Korpi. Tasangon Eeron tupaa Arvi rakensi yhdessä Urpon kanssa.

Kun Ullan äidillä oli selkä tosi kipeä 1970-luvulla, niin Arvin neuvo siihen oli työnteko.

Kun Arvi 1970-luvulla itse oli hyvässä lihassa ja valitti kovaa polvikipua, niin Ulla kehotti häntä laihduttamaan. Arvi suuttui silmittömästi neuvosta ja torjui neuvon vahvoilla kirosanoilla.

Arvi siirtyi vähitellen kasvihuonehommiin, kun huomasi Pentin pärjäävän kasvihuoneilla melko hyvin. Hän sai aikaiseksi kaksi kasvihuonetta. Minun veljeni Antti kävi usein auttamassa Arvia kasvihuoneissa. Ulla muistaa, kun Antti poistui, niin Arvi avasi kasvihuoneluukut. Arvi tarjosi Antille usein perjantaina ryyppyjä viikon päätteeksi. Arvi oli ryyppyjen suhteen vanhan kansan miehiä. Hän joi pullon kerta heitolla tyhjäksi. Ulla kertoili, miten Arvi eräänä juhannusaattona yritti ulkona pudistella mattoa mutta pienessä hönössä kaatui sen päälle. Arvilla olikin siivoamista, koska hänen hallinnassaan oli kaksi huonetta. Hänellä oli oma uloskäynti. Arvi lähti talvisin Pentin kanssa metsätöihin, lähinnä omiin metsiin. He hakkasivat polttopuita ja mahdollisesti rakentamiseen tarvittavaa puuta. Kasvihuoneetkin rakennettiin omin neuvoin. He pitivät lasituskökkiä, jotka olivat melko yleisiä siihen aikaan. Ulla muistelee, että kökässä olivat ainakin Ahon Veikko, Kohtalan Aapeli ja Salon Urpo. Lasitusta riitti Viitissä, koska kasvihuoneviljelijöitä oli noin 30.

Alussa verotus oli kevyttä, mutta viljelyn laajetessa verotuskin kiristyi. Arvi ja Pentti totesivat, että tupa olisi jäänyt rakentamatta, jos ei kasvihuoneviljely olisi ollut niin hyvää aluksi.

Ulla muistelee, että joskus tomaatin kilohinta oli 5 markkaa. Summaa hän piti suurena, koska ruoka oli halpaa. Samaten öljyn hinta oli alhainen. Yhdellä sangolla tomaattia maksoi yhden työmiehen päiväpalkan.

Ulla muistaa vielä, kuinka talon kellarista laitettiin öljynpoltin päälle ja laitettiin letkuihin kuumaa vettä, jolloin saatiin kurkkupenkkien alustat lämpiämään nopeasti.

Arvi joutui ikääntyessään lähtemään Teuvalle palvelutaloon Hopearinteeseen. Arvi päätti aivan itse, että hän muuttaa sinne. Muuton syy selvisi vähitellen. Teuvalle tuli Alko, joten hänen ei tarvitsisi ottaa taksia hakeakseen juomia. Ennen oli melkoinen matka hakea juomat Kristiinasta tai Kaskisista. Alkon perustaminen Teuvalle oli Arville iso asia. Arvi oli yleensä tarkka elämästään, mutta kun hän vähän maisteli, niin kontrolli häipyi. Arvilla olisi ollut oikeus mennä myös Närpiöön vanhuuden päivinään, mutta hän pelkäsi ruotsia, koska ei osannut sitä. Arvi kävi jatkossa viikonloppuisin Viitissä. Hän laski tomaattilaatikot, kuinka paljon tomaattia tuli. Ulla ja muut ajattelivat, että Arvi on ruvennut viihtymään uudessa paikassa, koska hänellä oli kova kiire takaisin. Puoli pulloa juomaa houkutteli kuitenkin nopeaan lähtöön. Arvin vakiopaikaksi muodostui Shellin baari, jossa hän kuuli päivän uutiset ja juorut.

Arvin yllätti vanhetessa muistisairaus, joka saattoi olla osaltaan syynä siihen, että hän jäi kaksi kertaa auton alle. Toisella kerralla seuraukset olivat traagiset. Vaikka hänet ehdittiin kuljettaa Seinäjoen sairaalaan, niin hän ei enää toipunut tähän elämään. Ulla mielestä Arvin olisi pitänyt ajoissa lopettaa pyöräily ja siirtyä hoitokotiin. Omaiset eivät voineet kuitenkaan asialle mitään.

Arvi oli ahkera pyöräilijä. Toisinaan hän pyöräili huvikseen, toisinaan taas katseli esim. viljelysten kehittymistä. Yhtäkkiä hän käväisi Närpiössä tai kun Teuvalla oli voi-tarjous, niin Arvipa pyöräili hakemaan sitä. Arvi kertoili joskus, että hän on käynyt peräti Vaasassa asti pyörällään. Kun Arvin pyörä ei kulkenut, niin Ulla miehineen kuskasi häntä ympäri Pohjanmaata. Kierros oli Arvin kohokohta. Se tapahtui juuri, ennen kuin viljoja puitiin. Sadon runsaus tai niukkuus veti huomion puoleensa. Arvi oli joskus viljellyt maata yhdessä Pentin kanssa. Veljeksillä oli vähän erimielisyyksiä. Pentti olisi halunnut investoida peltoihin mutta Arvi ei. Apulantaa olisi pitänyt ostaa ja uusia siemeniä, mutta Arvi asettui vastavirtaan. Arvilla oli hevonenkin, jolla hän kulki metsätöissä.

Uskonto ei Arvia vaivannut eikä paljon muukaan, johon olisi kuulunut muiden asioiden hoitaminen. Järjestöjä Arvi kavahti. TV:stä katsoessaan politiikkaa hän saattoi kiivastua ja esittää hyvinkin voimakkaan vastalauseen. Kukaan Kallen lapsista ei tullut isäänsä, joka tunnettiin hyvinkin voimakkaana poliittisena henkilönä ja järjestöihmisenä.

Arvi haaveili aina matkustamisesta, kun hän pääsisi eläkkeelle. Sairaudet estivät kuitenkin haaveiden toteutumisen. Tyypillisenä pohjalaisena miehenä hän ei halunnut hakeutua lääkärille. Hoito olisi varmaan taannut vielä useita hyviä vuosia. Maailma ilmeisesti Arvin ajatuksissa tarkoitti kotimaata. Koskenkorvapullo oli Arvin paras kaveri.

Ullalle Arvi oli koko ajan hyvä. Hän opetti Ullaa lukemaan, laskemaan, ruokailutapoja ja ruuan syömistä. Hän opetti, että lopuksi otetaan leivästä pala ja sillä siivotaan lautanen. Arvi suuttui, kun hän näki TV:ssä, kuinka ruokaohjelmassa jätettiin ruokaa eikä lautasia puhdistettu.

Kuormanteonkin Ulla oppi Arvilta. Samoin appelsiinin kuoriminen tuli opittua. Iso joukko muitakin taitoja tuli sisäistettyä sedältä.

Ihmettelimme vielä, miksi Arvi ei hankkinut ajokorttia eikä autoa. Ulla ajatteli, että ehkä koskenkorva oli kuitenkin tärkeämpi kaveri kuin auto.

Arvi kävi juhlissakin. Esimerkiksi kylätuvan juhlissa hänet nähtiin, mm. pitsailloissa ja joulujuhlissa. Arvi on mennyt kyllä tansseihinkin mutta ei ole tanssinut. Luultavasti Arvi tansseissakin oleskeli paljolti nurkan takana.

Arville ei saanut tansseissa koskaan sanoa, että tuletko, me lähdetään, vaan ilmaisu piti olla: "Me lähdetään ja sinä jäät tänne". Ei saanut komennella.

Ulla kertoi edelleen tapauksen, kun hän ja Kauko olivat tansseissa Kaarihovissa. Samana iltana Arvi lähti pyörällä ravintola Sillanpäähän Teuvan keskustaan. Arvi nautti, kun sai rupatella muiden kanssa siellä. Kun Ulla ja Kauko lähtivät Kaarihovista, niin Arvi tuli heitä vastaan pienessä huppelissa. Arvi oli vahingossa lähtenyt väärään suuntaan, suunta oli Horonkylään. Sieltä hän oli aamuksi tullut kotiin. Takki oli narulla, koska Arvi oli kaatuillut pyörällään. Poliisikin oli neuvonut, että nyt pitäisi käyttää muuta ajoneuvoa kuin pyörää. Arvi oli vain todennut, että kyllä sodan käynyt mies tästä selviää.

Urpo

Urpo oli nuoruudessaan sotaväessä laivastossa. Hän kävi muiden veljesten tavoin nuorempana metsätöissä. Hänellä oli Nuffield-traktori. Samoin hänellä oli moottorisaha, jota hän säilytti tuvassa. Ulla muistaa, kun kävi siellä kylässä, että moottorisahasta nousi kova bensankäry ympäristöön. Sitä täytyi pitää sisällä, että se taas aamulla käynnistyi. Työn jälkeen se taas jäätyi ja piti sulatella. Bensa saattoi olla paljon saasteisempaa kuin nykyään.

Traktoria Urpo tarvitsi lähinnä pienen maapalansa viljelyyn. Myöhemmin Pentti ja Bertta ostivat Urpon maat.

Pentti ja Bertta hakivat ostamiseen halpakorkoista lainaa, koska heillä ei ollut ylen määrin rahaa. Lainaa oli vielä jäljellä, kun Ulla ja Kauko tekivät sukupolvenvaihdoksen. Urpo oli leikkisä luonteeltaan, mutta oli harmi, että maalliset ilot veivät miestä mennessään. Tauti oli vähän kuin sukuvika. Urpo poistui paljolti makean elämän takia ennenaikaisesti tästä elämästä. Kolme veljestä jäi koukkuun korpikuusen kyyneliin. Pentti säilyi luultavasti koukusta vaimonsa takia.

Urpon työ muodostui metsätöistä, rakentamisesta ja kasvihuoneista. Urpo ja Pentti aloittivat yhdessä kasvihuoneviljelyn. Jossain vaiheessa molemmat siirtyivät omaan kasvihuonetalouteen.

Urpo oli syntynyt vuonna 1926, joten hän ei ehtinyt aivan sotaan. Bertta toimi usein huonokuntoisten veljesten huoltajana. Hyväluontoisena hän mm. pesi heidän vaatteitaan, ruokki ja antoi levätä. Erityisesti tämä koski Oivaa.

Urpolla oli kolme tytärtä: Marjatta, joka asuu Äystöllä, Sinikka, joka asuu Salossa ja Soile, joka kuoli nuorena 28-vuotiaana aivoverenvuotoon. Soile oli naimisissa Markku Kujalan kanssa, ja he asuivat Kaskisissa. Heillä oli Asko-niminen poika.

Urpo ja Maire asuivat mentyään naimisiin ensin Viitin kaupalla. Urpo rakensi sitten talon lähelle kasvukotiaan. Mairen isä oli Bruno Suvela, joka kävi tytärtään tapaamassa käsillä veivattavalla kolmipyöräisellä kulkuneuvolla. Ullakin oli joskus kokeillut sitä. Bruno kulki ontumalla, joten hänen jaloissaan oli jo syntymästä lähtien ollut jotain vikaa. Bruno tunnettiin myös hyvistä kutomistaidoistaan. Taito on periytynyt Mairen kautta eteenpäin.

Brunosta kerrotaan tarinaa myös, kun Viitiin kaivettiin luomaojia. Tarkastaja Päivike Vaasasta tuli katsomaan, miten työt sujuvat. Hän kiinnitti huomiota Brunoon, joka näytti äkikseltään varsin sairaalta. Päivike kysyi, eikö tuon miehen pitäisi olla jo eläkkeellä. Työnpaikan vastaava sanoi, että hän on meidän paras miehemme.

Nykyään Urpon taloa asustaa Urpon tyttären Marjatan vanhin poika Pekka Saari. Hänet tunnetaan ahkerana ulkoilijana. Kesät kuluvat kalastaen ja talvet hiihtäen.

Oiva

Oivalla oli legendaarinen maine autonkorjaajana. Hänet oli kerran lähetetty Helsinkiin opettelemaan auton korjaamista, mutta hän tuli lähes paluujunalla takaisin, sillä opettaja sanoi, ettei tällä miehellä ole mitään opittavaa täällä. Ullakin oli kuullut, kun erään peräläisen kone oli mennyt rikki. Moni tuumi ja tuumi, miten se saataisiin taas käyntiin. Oiva nuorena miehenä, lähes kuin Hölmöläisten Matti, saapui paikalle. Vanhat miehet miettivät tovin, voiko noin nuorta miestä päästää kokeilemaan taitojaan. Oiva astui korjaajan paikalle. Ei mennyt kauankaan, kun kone taas hyrräsi.

Kerran Ulla vei Oivaa huonokuntoisena Närpiöön. Vaikutti siltä, että Oiva ei olisi tässä maailmassa.

Kesken kaiken Oiva osoitti elon merkkejä ja virkkoi lausumaan: "Naisihmiseksi osaat käyttää hyvin vaihteita." Pelkkä moottorin hyrinä paljasti Oivalle jopa vaihteiden käytön. Vieläkin ihmiset muistelevat hänen erinomaisuuttaan omalla alallaan. Oiva oli valmis lähtemään korjaamaan autoa minne tahansa. Hänet saatettiin lähettää aina Saksaan asti paikkailemaan Lindquistin rekkoja. Oiva laitettiin lentokoneeseen, että apua saataisiin mahdollisimman pian, koska rekkojen seisottaminen ei ole halpaa. Paluumatkan Oiva otti vähän kevyemmin ja saapui Viitiin pienessä laitamyötäisessä Finnairin kassi mukanaan. Kassista kuului kova kilinä. Hän näytti, kuinka lentokone oli laskeutunut ja keikahti saman tien lattialle ja nukahti kassi tyynynään. Toisen kerran Oiva oli päässyt Kanariansaarille viettämään aikaansa. Kun tuli lähdön aika, Oivaa ei löytynyt mistään. Etsittiin ja etsittiin. Lopulta hänet löydettiin tutkimassa erästä pajaa. Oiva saatiin koneeseen mukaan. Ulla muistaa taas erään laivamatkan Kaskisesta Gävleen. Heitä oli Ulla, Kauko, Pentti ja Oiva. Eräs närpiöläinen oli laittanut Oivan mukaan ostoslistan. Oiva osti tunnollisesti toivotut tavarat. Pussi oli ollut jossain lämmössä ja voipalat olivat sulaneet ja muuttaneet muotoaan. Oiva oli yöpynyt laivan konehuoneessa, koska häntä kiinnostivat koneet. Oivalla oli mukavajuttuinen ja ystävällinen luonne, vaikka olikin hieman laitamyötäisessä. Oivalta ei tullut koskaan pahoja sanoja kenestäkään. Niillä ominaisuuksilla ovi aukesi konehuoneeseen. Seurana lämpimässä konehuoneessa olivat voipalat. Ulla olisi toivonut Oivalle ohjailevaa vaimoa.

Kun Oivaa haettiin johonkin taloon korjaamaan koneita, niin palkaksi saatettiin antaa vain pullo käteen. Varsinaisesta työstä jäi korvaus saamatta. Oiva ymmärsi tilanteen muttei valittanut. Oiva ja hänen veljensä Aarne olivat hyväluontoisia.

Ulla piti Oivaakin hyvänluontoisena, oikeastaan aivan liian hyväluontoisena. Hän ei olisi voinut luonnossakaan tappaa mitään eläintä. Kiinnostus kohdistui lintuihin, käärmeisiin ja kaikkiin eläimiin. Minä muistan, kuinka kävimme Liirinnotkossa radan varressa joukolla tappamassa käärmeitä. Oiva oli myös mukana. Ulla muisti, että hänen isänsäkin tappoi käärmeitä, jotka nousivat näkyviin Pentin päivänä.

Oivalla oli yhdessä veljensä Kassun ja Aholan Artin kanssa yhteinen korjaamo Perälän vanhalla kansakoululla. Kun korjaamolla meni huonosti, niin kaverukset päättivät lopettaa toiminnan.

Oiva kävi veljeni Antin kanssa kansakoulua yhtaikaa. Pojat eivät oikein pitäneet uskonnosta, joten he päättivät jättää tunnin väliin ja paeta lähellä olleeseen latoon. Pentti oli kertonut kouluoloista sen verran, että he eivät halunneet laulaa koulussa, joten todistukseen ilmestyi nelonen laulusta. Pojilla oli todellisuudessa hyvät laulun äänet. Kun oli talvi ja he menivät Tusulle laskettelemaan, siellä sattui hiihtelemään myös opettaja. Opettaja oli kuullut hienoa laulua. Niinpä Pentti sai seuraavaan todistukseen erinomaisen laulunumeron. Näyte Tusulla riitti.

Oiva halusi elämänsä loppuvaiheessa, että Ulla ja Kauko rakentaisivat hänelle metsämökin. He menivät yhdessä katsomaan paikkaa Ahon Veikon takana. Siitä olisi lyhyt matkaa Ullan ja Kaukon luo. Oiva antoi mieltymyksensä löydettyyn paikkaan. Maaseudun Tulevaisuudesta löydettiin ilmoitus talon kehikosta. He tilasivat sen ja se tuli Närpiöön, josta Kauko haki sen traktorin pitkillä peräkärryillä. Mitat olivat 3,5 × 3,5 metriä. Mökki on vielä nytkin metsässä. Kattoakaan ei ehditty vielä laittaa, kun käyttäjä poistui tästä elämästä. Oiva asui siellä vain yhden kesän.

Oiva ei oikein viihtynyt Närpiössä, koska hänen seurakseen asunnolle pesiytyi muuan laitapuolen kulkija. Koska Oiva oli hyvätahtoinen, hän ei pystynyt pääsemään eroon tästä. Oiva kaipasi omaa rauhaa ja löysi sen metsämökistään.

Oivan auton ajokortista ei ole varmaa tietoa. Joku kertoi, kun poliisi oli pidättänyt hänet, niin Oiva oli esittänyt nuhruista moottoripyöräkorttia. Tarina ei kerro, riittikö se virkavallalle. Samaan saattaisi viitata Ullan muistikuva siitä, että Oivan auto seisoi kauan heidän pihassaan. Oli ehkä niin, että Oivalla oli kuitenkin joskus nuoruudessaan moottoripyörä. Oivakaan ei koskaan mennyt naimisiin eikä ollut tiettävästi mitään pidempää suhdetta. Oiva ei ollut myöskään mikään juhlissa kävijä. Gästgivarsissa hän silloin tällöin istui.

Ulla Sillanpää (o.s. Salo) kirjoittaa isästään Pentistä (2.10.1929–6.8.2005)

Pentti syntyi Kalle ja Maria Salon perheeseen yhdentenätoista lapsena Viitissä. Lapsuus oli isä-Pentin mukaan köyhää, mutta äiti oli tosi taitava laittamaan hyvää ruokaa vähistäkin värkeistä. Leivinuuni lämmitettiin usein. Äiti paistoi siinä joka viikko paljon leipää ja muuta ruokaa isolle perheelle.

Pentti kävi Viitin kansakoulua eikä suostunut laulamaan. Todistuksessa komeili nelonen. Opettajana toimi Kerttu Panula. Kerran tapahtui, että Kerttu oli Tusulla hiihtelemässä, mistä Pentti ei ollut tietoinen. Pentti lauloi siellä tunnetusti hyvällä ja kantavalla äänellään. Sinä vuonna Pentti sai todistukseen 9. Kun koitti päättötodistusten aika, niin Kerttu sanoi Pentille ojentaessaan todistusta, että *sinä et tule koskaan pärjäämään elämässäsi.*

Koulun päätyttyä Pentti kävi metsätöissä. Ennen armeijaa hän ja veljensä Urpo metsästivät jäniksiä. Koska heillä ei ollut koiraa, niin Pentti toimi ajokoirana. Hän sekä haukkui että juoksi ja Urpo toimi ampujana. Siten saatiin usein lihaa ruokapöytään, jonka äiti valmisti.

Armeijaan Vaasan Rannikkopatteristoon Pentti lähti Viitin koulun rakennustyömaalta. Juuri silloin oli menossa välikattojen lyönti. Ullan isän kertoman mukaan homma vaihtui tohella helpoksi.

Armeijan jälkeen Pentti oli Goljatissa metsätöissä. Siellä asuttiin ja oltiin viikkokunnassa. Myöhemmin hän osti ansaitsemillaan rahoilla Viitin ensimmäisen moottorisahan, joka oli suuri ja painava. Silloin ei käytetty mitään tärinäsuojia. Sittemmin hän osti myös moottoripyörän, jolla hän kulki töissä salaojilla aina Ähtärissä asti.

Tilistään Pentti antoi rahaa kotiin, koska isä ja äiti vanhenivat eivätkä saaneet eläkettä. Pentti ja Urpo rakensivat yhteisen kasvihuoneen ja kulkivat vieraalla töissä. Isä otti moottoripyörästä takapyörän irti ja remmin avulla pyöritti vesipumppua ja sai veden siten kasvihuoneen laariin. Sen jälkeen hän laitti nopeasti takapyörän paikalleen ja kiiruhti riiuureissulle Berta Tuovilan luo Teuvalle. Bertta syntyi 2.4.1928.

Bertta muutti vähitellen emännäksi Salon taloon Viitiin. Naimisiin hän meni Pentin kanssa 9.8.1958. Hän toi mukanaan Oilikki-lehmän, jonka hän oli saanut valita palkinnoksi Niemen karjasta 10 vuoden hyvästä palvelusta.

Avioliitosta syntyi tytär Ulla 23.5.1959. He asuivat vanhassa tuvassa 1960-luvun alkupuolella, jolloin alettiin rakentaa uutta tupaa. Arvi sai huoneet toisesta päästä ja toiseen päähän asettuivat asumaan Bertta, Pentti, Ulla ja Aarne. Uuteen asuntoon päästiin muuttamaan 1965.

Samalla laajennettiin kasvihuoneita. Urpo ja Pentti perustivat kumpikin myöhemmin omat yrityksensä. Isä ja äiti toimivat kokopäiväisesti töissä kotitilalla. Kasvihuoneissa viljeltiin tomaattia ja kurkkua. Enimmillään huoneita taisi olla 8. Niissä oli puurunko ja lasikate. Nykyisiin kasvihuoneisiin verrattuna ne olivat matalia ja kesällä tosi kuumia. Lämmitys hoidettiin aluksi haloilla, joita poltettiin öljytynnyreistä yhteen hitsatuissa kamiinoissa. Myöhemmin lämmityslaitteisiin asennettiin öljypolttimet, koska öljy oli siihen aikaan halpaa. Sen jälkeen tulivat vielä öljyllä toimivat "lettikamiinat".

Lehmät hävitettiin 1966, koska ei enää riittänyt navettatöihin kasvihuonepinta-alan laajentuessa. Siihen aikaan taimet tehtiin itse ja istutettiin maahan vapulta. Viljelykausi oli lyhyt. Pelloilla kasvoi ohraa, kauraa ja perunaa. Talvisin oli metsätöitä omissa metsissä, joita isä oli ostanut turvaksi, koska lapsuus oli ollut niin köyhää myös puiden osalta. Vuosien saatossa tila kehittyi. Ostettiin traktoreita, työkoneita ja leikkuupuimuri. Tilaa laajennettiin. Metsiä ojitettiin parempaan kasvuun ja maita salaojitettiin.

Pentin terveys alkoi kuitenkin heikentyä 1970-luvulla. Hän oli saanut äidiltään sukurasituksena diabeteksen. Siihen aikaan hoito ei ollut vielä kovinkaan kummoista.

Tytär Ulla ja vävy Kauko Sillanpää (s. 15.2.1957) tulivat vakiintuneiksi työntekijöiksi yritykseen. Sukupolvenvaihdos tehtiin vuonna 1981. Pentti ja Bertta jäivät pois töistä. Nuoreen perheeseen syntyivät vuosien saatossa lapset: Kaisa 16.2.1979, Maija 2.10.1980, Hanna 3.11.1983, Jussi 22.3.1986, Ville 16.11.1990 ja

Emmi 16.4.1993.

Bertta aloitti uuden uran lastenhoitajan kuudelle lapsenlapselleen. Hän on sanonut, että se oli hänen elämänsä parasta aikaa, kun sai hoitaa lapsia. Siinä ohessa hän hoiti myös Penttiä, jonka kunto jatkoi heikentymistään. Isä oli viimeiset vuodet pyörätuolissa mutta pystyi sillä liikkumaan omatoimisesti pihapiirissä. Lopuksi molemmat jalat jouduttiin amputoimaan. Aikanaan hänen äidiltään Marialta poistettiin toinen jalka.

Pentti kuoli 6.8.2005. Bertta elää 96-vuotiaana Henriikkakodissa Teuvalla.

Ulla ja Kauko kehittivät tilaa ajan hengen mukaan. Vanhat kasvihuoneet hävitettiin yksi kerrallaan ja tilalle rakennettiin 2 avaraa muovikattoista automatiikalla toimivaa kasvihuonetta. Lämmitys vaihtui kalliin öljyn takia palaturpeeseen. Viljelykausi pidentyi, mutta ei ollut vielä kuitenkaan valoviljelyä. Uusissa huoneissa erikoistuttiin tomaatinviljelyyn.

Peltoviljely vaihtui teollisuusperunaan ja huonommilla lohkoilla ohraan ja kauraan. Salaojitettiin, ostettiin lisää maata ja metsää. Lapset olivat apuna kesäisin tomaattihuoneissa ja syksyisin perunannostossa. Viljelyä jatkettiin lähes 30 vuotta. Se päättyi Kaukon kuolemaan 6.2.2010. Kasvihuoneet myytiin ja pellot vuokrattiin. Jatkoin työelämässä Piolahdessa Sigg Plantin puutarhassa, jossa kasvatetaan isossa mittakaavassa vihannesten taimia kauppapuutarhoille. Sieltä olen hiljattain eläköitynyt.

Vuosien saatossa olen huolehtinut äidin vanhuudenpäivistä kotitilalla niin kauan kuin se oli mahdollista. Kasvihuoneura oli kohdallani todella pitkä, koska kasvihuone oli lapsena minun päiväkotini, koululaisena kesätyöpaikka ja aikuisena 22-vuotiaana minusta tuli kasvihuoneyrittäjä. Piolahdessa vierähti 13 vuotta.

Omat lapset ovat jo maailmalla. Lapsenlapsia on nyt 11, joista 5 tyttöä ja 6 poikaa. Aika näyttää, mikä on tilan tulevaisuus. Ainakin uusi sukupolvi on kasvamassa.

Ulla Sillanpää, Viitissä 12.5.2024

Muistoja Arvi Salosta (26.3.1922–2.11.2005)

Arvi syntyi seitsemäntenä lapsena ja muutti perheen mukana Viitiin 3-vuotiaana.

Arvi kertoi lapsena auttaneensa äitiään jokapäiväisissä askareissa. Pyykit käytiin huuhtelemassa luomassa. Talvisin se oli kylmää hommaa avannon reunalla.

Työelämään siirtymisen jälkeen Arvi kävi kirvesmieshommissa. Kalle Salo rakensi sekä työväentaloa että nuorisoseuraa. Tuolloin rakennusaineena oli pääasiassa hirsi. Arvi Salo kertoi, että heitä oli ollut kirvesmieshommissa isän mukana neljä miestä: Aate, Arvi, Väinö ja Urpo. Arvi kertoi myös, että sotien jälkeen rakennettiin paljon taloja hirrestä, koska rakennustarvikkeiden saanti oli vaikeaa.

Arvi toimi kirvesmiehenä vuosina 1939–1963. Uran katkaisi viideksi vuodeksi sota. Arvi sai opin puutöihin isältään Kallelta. Arvi kävi rakentamassa taloja kotikylässään Viitissä mutta myös Perälässä ja Närpiössä. Hän oli työssään erittäin huolellinen ja tarkka. Talvisin Arvi kävi metsätöissä Pentin kanssa. Hän ei käyttänyt moottorisahaa eikä muitakaan nykyajan vempeleitä. Hän pysyi uskollisena tyylilleen loppuun asti.

Kallen kuoltua vuonna 1957 Arvi ja Pentti viljelivät yhdessä maita. Arvi myi 1960-luvulla osuutensa tilasta Pentille ja Bertalle ja siirtyi viljelemään kahta kasvihuonetta, joissa hän kasvatti tomaattia. Kasvihuoneista hän luopui eläkkeelle siirtymisen aikoihin.

Arvi oli kova pyöräilemään ja seurasi kiinnostuneena politiikkaa, luontoa ja viljapeltojen eri kasvuvaiheita. Syksyisin tehtiin autolla ennen puintia Pohjanmaan kierros, että Arvi näki maakunnasta tulevan viljasadon.

Kesäkuussa vuonna 1993 Arvi muutti asumaan vanhusten rivitaloon Teuvalle. Siellä hän nautti pyöräilystä ja ABC:llä käynneistä. Sitten muistisairaus otti väkevästä miehestä ja hänen mielipiteistään otteen. Arvi pyöräili rekan alle Teuvalla ja kuoli saamiinsa vammoihin 83-vuotiaana.

Ulla Sillanpää, veljen tytär

Kalle Salon tyttären Elman pojan Aulis Lahden muistoja ajalta 4.5.1936–14.1.1957

Muistot ovat osin äitini kertomia. Kun synnyin 4.5.1936, pappa haki kätilön. Olen syntynyt Kalle ja Maria Salon peräkamarissa. Mamma ja pappa olivat kummiani, kun minut kastettiin Salon koululla Perälässä.

Ensimmäinen oma muistoni on isäni hautajaisista. Silloin Kalle ja Maria veivät minut Viitiin. Toki olin ollut Viitiin mammalassa aikaisemminkin. Niistä käynneistä ei ole jäänyt vielä omaan muistiini mitään selkeää kuvaa.

Isäni hautajaiset olivat joko 2.7. tai 9.7.1941. Tuolloin tulin mamman ja papan mukana Viitiin. Kalle kävi päivisin rakennustöissä muistaakseni kylän ruotsinkielisillä isännillä. Me pojat olimme usein ulkona. Varsinkin isommilla pojilla leikit olivat rajuja. Papan tultua töistä kotiin kesken poikien leikin kaikki hiljenivät. Kalle näki varmaankin, mitä oli meneillään. Hän ei koskaan korottanut ääntään eikä turvautunut kurinpidossa fyysiseen voimaan. Isommat pojat joutuivat Kallen puhutteluun.

Äitini kertoi, että hänen isänsä Kalle saattoi antaa yösijan talossaan romaaniperheelle. Äitini mukaan tapaus ajoittuu Perälän kylään, jossa he vielä silloin asuivat.

Kevättalvella 1942 minut siirrettiin takaisin isäni kotiin lahdenloukolle.

Kävin aina silloin tällöin Viitin mammalassa. Erään käynnin aikana muistan intoa täynnä kertoneeni papalle, kuinka olin tehnyt peltotöitä hevosella. Kalle-pappa katsoi minua suoraan silmiin ja sanoi, että *et kai vain lyö hevosta.*

Aulis Lahti, Kalle Salon tyttären Elman poika

Muistoja Kalle ja Maria Salon lasten elämänvaiheista

Elma Ilona Lahti o.s. Salo (3.4.1914–4.12.1989) vihittiin avioliittoon Arvo Iisakki Lahden kanssa 22.2.1936. Elma oli Kallen ja Marian vanhin lapsi. Hän syntyi Perälässä ja muutti perheen mukana Viitiin Närpiöön 15.3.1925.

Elma oli lapsena paljon tätinsä Johannan (Hanna) ja Vihtori Seppälän luona. Seppälästä muodostui Elmalle toinen koti. Johannan kuoltua Vihtori avioitui uudelleen. Elma piti yhteyttä uuteen perheeseenkin, johon syntyi kaksi lasta Jussi ja Erkki.

Elma osallistui Suomen Evankeliumiyhdistyksen tilaisuuksiin ja omaksui evankelisen uskon. Osallistuminen alkoi 13-vuotiaana 1927. Hän osallistui nimenomaan Perälän Sleyn Nuorisoliiton Rukoushuoneen toimintaan. Elma oli henkilönä hiljainen ja piti asiat sisällään. Hänestä voi sanoa, että hän meni kammioonsa, sulki oven ja rukoili Herraa, joka on salassa. Tämä usko kantoi hänet perille asti.

Arvo ja Elma vihittiin avioliittoon helmikuussa vuonna 1936. Lapsi syntyi heille 4.5.1936. Tästä Elma kertoi Arvolle 6.5.1936 päivätyllä kirjeellä seuraavasti: *"Poika syntyi jo maanantai-iltana kello 11"*. Poika sai kasteessa nimen Aulis Ylermi. Tilaisuus pidettiin seurojen yhteydessä Perälän Salon koululla. Kastepappina toimi Valto Opas. Kummeina olivat Maria ja Kalle Salo.

Nuori pari muutti Arvon kotiin Lahdenloukolle, joka siihen aikaan oli seitsemän savun kylä. Virallisesti se kuului Äystönkylään ja Piikkilän koulupiiriin. He asettuivat asumaan Matti Lahden pihapiirissä olevaan pihatupaan. Asuminen jäi lyhytaikaiseksi Lahdenloukolla, koska he olivat ostaneet runsaan hehtaarin maa-alan. Tarkoituksena oli rakentaa oma koti hankitulle tontille. Rakentaminen oli tarkoitus toteuttaa vuoden 1937 aikana. He muuttivat tulevan kotinsa lähinaapuriin Ketolaan. He asuivat Ketolassa Lehtimäen talon vanhassa päärakennuksessa rakennusvaiheen ajan.

Oma talo valmistui vuoden 1937 loppuun mennessä sellaiseksi, että sinne saattoi muuttaa. Elman ja Arvon toinen lapsi Irma Tuulikki syntyi uudessa kodissa 7.1.1938. Irma kuoli Jämsässä 7.5.2019.

Elanto tuli perheelle Arvon yhdessä veljensä Laurin kanssa urakoimista rakennustöistä. Elmalla oli navetassa kaksi lehmää ja 3–4 lammasta. Tuolloin rakennettiin etupäässä kesällä. Talvella Arvo teki puusepän töitä sisällä tuvassa. Höyläpenkki kuului talvisin tupakeittiön kalustukseen. Lapset kasvoivat höylänlastujen keskellä.

Arvo sairastui varusmiespalvelussa ja hänet vapautettiin palveluksesta. Myöhemmissä tarkastuksissa hänet todettiin parantuneeksi. Tauti alkoi oireilla kuitenkin uudelleen. Siihen haettiin apua monelta taholta. Tulos oli aina pettymys. Arvo meni potilaaksi 6.5.1941 Vaasan lääninsairaalaan Seinäjoelle. Siellä todettiin, että tuberkuloosi oli koteloitunut toiseen munuaiseen, joka poistettiin leikkauksella. Leikkaus onnistui, mutta myöhemmin haavaan tuli komplikaatio, joka johti Arvon kuolemaan 24.6.1941.

Arvon kuolema oli Elmalle henkisesti todella raskasta aikaa. Se oli sitä myös taloudellisesti. Perheen toimeentulon edellytykset romahtivat alle köyhyysrajan. Elman oma terveys oli tuolloin aika heikko. Arvon kuollessa lapsista Aulis oli 6 vuotta, Irma 3,5 vuotta ja Raimo oli vasta 9 kuukautta.

Selvisi heti, että Elma ei voinut pitää kotona ainakaan kaikkia lapsia. Heidät sijoitettiin Arvon kotiin ja hänen sisarustensa perheisiin.

Elma hakeutui töihin mahdollisuuksiensa mukaan. Niitä olivat esim. polttoturpeen nosto, vanhusten hoito ja useilla karjatiloilla karjanhoitajana. Ensimmäisinä hänen työpaikoistaan oli karjanhoitajana Teuvan kirkkoherran pappilassa. Elman pisin työsuhde oli lomittajan työ Teuvan kunnalliskodissa. Hänellä oli yhden huoneen asunto kunnalliskodissa. Raimo oli hänen mukanaan. Irma oli Saima ja Asser Nikkolan perheessä Perälässä, kun taas Aulis asui Arvon kotona.

Vapaapäivinään Elma kävi tapaamassa lapsiaan. Kulkuvälineenä toimi pyörä, talvella taas hän käveli. Yleensä paluu asunnolle alkoi iltamyöhällä. Matka taittui itkien, koska hän ei voinut ottaa lastaan mukaansa.

Pahin isku Arvon kuoleman jälkeen oli, kun Elma sai Helsingistä viestin, että hänen poikansa Raimo Kalevi Lahti oli kuollut väkivallan uhrina. Hän syntyi 10.9.1940 ja kuoli 22.5.1971.

Aulis Lahti, Elman ja Arnon poika

Muistoja Elmi Ulriikasta (21.5.1919–2.10.2010)

Elmi syntyi Salonpäässä Perälässä. Hän oli 5-vuotias, kun perhe muutti Viitiin. Koulun käytyään hän meni töihin karjanhoitajaksi Seinäjoen Törnävälle. Sieltä hän muutti lähemmäksi kotia eli Myrkkyyn. Siellä hän hoiti myös karjaa.

Myrkystä löytyi aviomies. Pari sai kaksi tytärtä, jotka syntyivät vuosina 1941 ja 1944. He hoitivat yhdessä miehen pienviljelystilaa. He rakensivat talon ja karjarakennukset 1954. Maatakin tuli ostettua vähän lisää. Kaiken lisäksi alettiin viljellä tomaatteja.

Elmi sairastui eläkeikäisenä diabetekseen ja jäi leskeksi vuonna 1997. Seuraavana vuonna Elmi muutti rivitaloon keskikylälle.

Elmiin iski aivoinfarkti vuonna 2009. Viimeisen vuoden hän asui hoitokoti Saliinissa Karijoella.
Sirkka Levanen ja Ritva Mäkinen, Elmin tyttäriä

Muistoja Aarnesta (26.8.1920–29.4.2010)

Aarne syntyi perheen kuudentena lapsena. Perhe asui silloin vielä Salon koulun takana Perälässä. Aarne sairasteli paljon pienenä. Hän kuuli aina 2-vuotiaaksi asti, mutta korvasäryt veivät kuulon. Siihen aikaan ei ollut tällaisia sairauksia parantavia lääkkeitä. Kävelykin viivästyi. Hän oppi kävelemään vasta 4-vuotiaana. Samoihin aikoihin perhe muutti Kallen rakentamaan taloon Viitiin.

Aarne lähti 12-vuotiaana kuuromykkäkouluun Ouluun, jossa hän oleskeli 2 vuotta. Sen jälkeen odotti Mikkeli, jossa hän oppi viittomakielen. Ajan saatossa Aarne unohti viittomat, koska perheessä ei ollut muita viittomakielen taitajia.

Aarne auttoi äitiään kotitöissä. Hän kantoi vettä ja puita tupaan. Erityisesti kotona oleva "puumarkki" oli hänen valtakuntaansa. Hän sahasi puita pokasahalla ja pilkkoi kirveellä sekä nyppi koivuista tuohia äidille sytykkeiksi.

Kalle teki kuolinvuoteellaan Vaasan sairaalassa testamentin, jossa hän määräsi Aarnen huoltajuuden Pentille ja Arville yhteisesti, mutta se siirtyi myöhemmin kokonaan Pentille ja Bertalle. Heidän lapsenaan olen saanut seurata Aarnen elämää samassa perheessä noin 50 vuoden ajan. Aarne oli luonteeltaan leikkisä, lapsirakas ja erittäin kiltti. Pelasin lapsena Mustaa Pekkaa Aarnen kanssa.

Myöhemmin kun perustin perheen ja lapsia syntyi 6, se oli Aarnen mieleen. Hän sai seurata heidän touhujaan, koska asuimme samassa talossa. Aarnen hyvä luonne oli erityisen tärkeä äidilleni, joka tuli taloon miniäksi. Aarne eli 89-vuotiaaksi. Viimeiset ajat hän oli hoidossa Närpiön terveyskeskuksen vuodeosastolla.

Ulla Sillanpää, veljen tytär

Muistoja Kaarle Hentrikkasta (22.4.1933–18.11.2001)

Kaarle oli naimisissa Teuvalta kotoisin olevan Airi Anneli Salon kanssa (o.s. Kiviharju) vuosina 1956–1971. Liitto päätyi eroon. Heillä oli yhteisiä lapsia neljä, joista kolme oli tyttöä ja vanhin lapsi oli poika, joka menehtyi hukkumisonnettomuudessa 3.6.1982.

Kaarle oli ammatiltaan autonasentaja. Teuvan Perälässä hänellä ja yhtiökumppaneilla oli autokorjaamo. Muutettuaan ensin Pirkkalaan 1967 ja Tampereelle 1969 Kaarle toimi asentajana Volvon merkkikorjaamossa raskaan kaluston parissa. Hän oli arvostettu ammattimies, jota työnantaja koulutti aina vain vaativampiin työtehtäviin isojen ajoneuvojen korjaajana. Kaarle harrasti lukemista ja mökkeilyä. Autot kiinnostivat häntä myös vapaa-ajalla. Allaan hänellä oli usein vaihtuva menopeli.

Kaarlen tytär Helena Salo

Kalle Salolla oli melko iso perhe. Aikaa myöden syntyi toistakymmentä lasta. Heistä tunsin Pentin, Arvin, Urpon, Aarnen ja Oivan. Sen sijaan lopuista minulla on jonkinlaisia havaintoja. Koska perhe oli niinkin iso, niin ruuan laitto vaati jo melkoisia määriä aineksia. Joku tiesi kertoa, että peruneita keitettiin isolla saunapadalla. Varsinkin kasvavat pojat tarvitsivat paljon ravintoa. Joku pojista kertoi, että kerran he olivat syöneet ruisvelliä aamulla. Sitten lähdettiin hiihtäen metsätöihin. Kuulemma takapään äänet olivat melkoiset hiihdon edetessä kohti metsää. Sellainen porukka sai varmaan paljon aikaan päivän kuluessa.

Pentti tunnettiin vahvana jässikkänä. Hän ryhtyi myöhemmin kasvihuoneviljelijäksi. Hänellä taisi olla useampi ja suurehkoja kasvihuoneita. Hänen vaimonsa Bertta oli Perälästä. He hoitivat yhdessä kasvihuoneet. Myöhemmin työhön tulivat mukaan myös heidän tyttärensä Ulla ja hänen miehensä.

Muistotieto kertoo, kuinka hän ja pari muuta viitiläistä erosivat kirkosta. Muuan närpiöläinen myi metsää läheltä Pentin asuntoa. Toisena ostajaehdokkaana oli Närpiön seurakunta, jolla tietenkin oli enemmän rahaa metsään ostamiseen. Seurakunta voitti kilpailun. Siitä seurasi, että Pentti ja pari muuta erosivat kirkosta. Heidän mielestään kirkon ei tule harrastaa omaisuuden keräämistä.

Loppuvuosina Pentti kärsi pahasta sokeritaudista. Vaimo kuitenkin hoiti hänet hautaan asti ja lähetti Tejukaan kiitoskirjeen hyvästä miehestä.

Arvi tunnettiin nuorempana hyvänä kirvesmiehenä. Muistan hänen esim. rakentaneen meille ladon Aitakorpeen. Sittemmin hänkin siirtyi kasvihuoneviljelijäksi. Olipa hänellä niin menestyvä kasvihuone, että hän palkkasi avukseen pitkiksi ajoiksi veljeni kasvihuoneeseensa.

Pojilla oli tapana aina perjantaisin ottaa pienet huikat, ennen kuin erosivat viikonlopuksi. Kerran viikonloppua oli pohjustettu siinä määrin, että Antin pyörä kulki tien laidasta toiseen, kun hän tuli kotiin. Pahaksi onneksi meidän piti lähteä tätini luo Perälään multimaan perunoita. Olin mennyt hevosella edellä ja odottelin pitkään tätini kanssa veljeni tuloa. Saapuihan hän. Tosin pyörä meni laidasta toiseen. Täti näki jo kaukaa, missä kunnossa veljeni oli ja huudahti: "Herran jumala, sehän on juovuksissa". Rupesimme kuitenkin töihin sillä seurauksella, että perunat tulivatkin ylös eivätkä jääneet mullan alle. Tätini oli vihainen, mutta pidätti vihansa, koska minä selvänä miehenä olin paikalla. Seuraavaa multauskutsua ei enää tullut.

Arvi oli kerran todennut, kun he olivat puhuneet raskaasta kasvihuonetyöstä, että hän ymmärtää, mitä liike on, mutta mitä se työ on, kas siinä kysymys.

Tapasin Arvin, kun kiersin kylää palattuani Ruotsista joskus syksyllä 1984. Hän tuli, kuten tavallista, pyörällä vastaan. Arvi pysäytti kohdalleni ja kyseli paluustani. Yritin kertoa kykyjeni mukaan syitä paluulleni. Muistaakseni juteltiin myös kasvihuoneista.

Tapasin Arvin myös kerran juhannusaattona, kun Perälän Tanhulassa vietettiin juhannusjuhlaa. Silloinkin juteltiin varsin pinnallisesti asioista. Tauolla katseltiin yhdessä hienoa jokimaisemaa. Ehdimme juoda myös kahvit.

Arvi asui myöhemmin lähellä veljeäni Teuvan keskustassa palvelutaloissa. Siellä hän koki traagisen lopun jäädessään rekan alle.

Urpo oli naimisissa Bruno Suvelan tyttären Mairen kanssa. Heille syntyi kolme tytärtä. Bruno tapasi myöhemmin elämässään käydä tapaamassa tytärtään moottorilla toimivalla kolmipyöräisellä kulkuvälineellä.

Urpon muistan parhaiten siitä, kun hän korjasi taloamme joskus 1960-luvun alussa. Yritin ansaita pieniä summia omaa rahaa. Siksi kävin parkkuulla. Juuri silloin satuin varsin vaikeaan työpaikkaan Mustassaluomassa. Puut olivat hyvin pieniä ja kuori hyvin tiukassa. Sain kyllikseni yhdessä päivässä. Sanoin isälleni, etten mene enää sinne. Jostain syystä Urpo oli paikalla ja puolusti minua sanoen, että noin nuorta ei saa pakottaa töihin, koska se saattaa vahingoittaa pahasti kasvuikäistä. Isä sanoi, että poika saa olla kotona, mutta hänellä ei ole antaa pojalle rahaa. Sen sijaan minun pitäisi auttaa heinätöissä ja elonkorjuussa ennen koulun alkua. Tyydyin siihen.

Kun Urpon työ oli valmis, isä antoi ostamansa koskispullon Urpolle. Isäni sanoi jotain, että kyllä hyvä mies aina ryypyn tarvitsee. Ikävä kyllä Urpolla alkoi parin viikon kierre palkintonsa jälkeen. Taisi mennä saman tien palkkarahat, sillä siihen aikaan juhliminen oli kallista erityisesti, jos siihen kuului taksilla ajeleminen.

Salon veljeksistä yksi oli kuuro eli Aarne. Muistan hänet 1950-luvulta, kun hän nouti postia meiltä. Meillä oli kylän ainut postilaatikko. Hän tapasi saapua odottelemaan posti-Marttaa ajoissa. Koska emme osanneet kuurojen kieltä, niin emme pystyneet juttelemaan hänen kanssaan. Tätini Annin luona hän tapasi käydä, kun Annin miehen veli saapui kylään. Hänkin oli mykkä.

Oiva oli kuuluisa autonasentaja. Hän oli jo nuoresta pitäen ollut kiinnostunut autoista ja niiden korjaamisesta. Hänet lähetettiin Helsinkiin autonasentajakursseille, mutta hänet vapautettiin lyhyen ajan päästä. Kurssin vetäjä oli sanonut, että hänelle ei ole mitään opettavaa Oivalle, koska kyseessä on harvinainen lahjakkuus.

Oiva työskenteli pitkään korjaamolla Närpiössä. Hän saattoi lähteä jopa rekan tai bussin matkaa Eurooppaan varmuuden vuoksi. Usein häntä tarvittiinkin, koska autot eivät olleet läheskään niin kestäviä kuin nykyään. Myöhemmin Oiva perusti oman firman yhdessä kahden muun miehen kanssa Perälän vanhalle koululle. Siitä tahtoi muodostua samalla juhlapaikka. Toiminta siellä lakkasi vähitellen ja Oiva palasi takaisin Närpiöön, jossa hänellä oli kunnon asunto. Siellä hän ei kuitenkaan oleskellut paljoa vaan majoittui usein verstaalle yöksi. Sieltä oli lyhyt töihin.

Jossain vaiheessa Oiva harrasti ruotsin opiskelua. Istuimme kerran Oivan kanssa ravintolassa, kun hän otti asian puheeksi. Tällä kertaa hän ei sanonut auton osia ruotsiksi vaan luetteli koko joukon lintujen nimiä ruotsiksi. En tiedä, kuinka kauan hän harrasti kielen opiskelua.

Kirjoittajan muistoja Oivan matkoista

Olimme paljonkin yhteydessä Oivaan varsinkin, kun hän työskenteli ja asui Perälässä. Kerran haastoimme hänet lähtemään meidän kanssamme ensin Pieksämäelle ja sitten Ruotsiin ja Norjaan.

Pieksämäki

Ensin toteutui matka Savoon. Se oli vuonna 1966, jolloin tapahtui paljon asioita. Siskoni valmistui Tampereelta sairaanhoitajaksi. Minä pääsin ylioppilaaksi. Eduskunta sai vasemmistoenemmistön. Arvo Salon *Lapualaisooppera* sai ensiesityksen.

Lähdimme varhain juhannusaattona matkaan. Ruokaa ja juomaa oli mukana. Haimme Oivan verstaalta. Hän valitteli selkäkipuja. Sää oli tosi kaunis. Ajoimme Seinäjoelle, Alavudelle, Jyväskylään ja Toivakkaan. Toivakassa pysähdyimme levolle. Tankkasimme auton, joimme kahvia ja juttelimme sitä sun tätä. Oiva taisi kysellä jopa pontikan perään. Sitä ei kuitenkaan ollut tiedossa. Levysoittimesta kuului silloin muodissa ollut kappale *Vähän ennen kyyneleitä*. Matka jatkui Lievestuoreelle, Hankasalmelle ja vihdoin noin 370 kilometrin matkan jälkeen Pieksämäelle.

Vastassa oli siskoni mies Aarne. Savolaiseen tapaan hän kätteli ja hymyili. Hän kyseli jonkin verran matkan kulusta, ennen kuin menimme sisään. Siellä meitä odottivat siskoni ja kahvi. Aarne ja siskoni olivat menneet naimisiin viikkoa ennen juhannusta. Ilmeisesti he eivät oikein pitäneet siitä, että sukulaisistani vain äitini ja isäni olivat läsnä vihkiäisissä.

Lähdimme vasta juhannukseksi, koska minua lukuun ottamatta muut eivät olisi ehtineet työesteiden takia. Mukana olivat vanhin veljeni, Oiva ja naapurin Heimo. Heimo oli töissä valtiolla. Jonkun ajan kuluttua hän muutti perheineen Ruotsiin.

Asetuimme taloksi. Aarne tarjosi kahvin kanssa konjakkia, joka sai aikaan mielialan nousua. Nyt jo vitsailtiinkin. Isäntä näytti, missä kukin saa nukkua ensi yönsä. Asunto oli ahdas, mutta jotenkin kaikille löytyi sija. Siskoni lähti töihin, sillä hänellä oli vuorotyö. Hän ei päässyt kanssamme viettämään juhannusta.

Illan tullen Aarne tilasi taksin, jolla menimme paikalliselle tanssilavalle katsomaan menoa. Koska auto oli Ford, niin Oiva totesi, että Ford on auto. Ennen lavaa laitettiin pullo kiertämään. Ainoastaan Aarnella oli pullo mukana. Luultavasti hän laittoi sen povitaskuun, kun saavuimme huvipaikalle. Väkeä oli jo tullut melko runsaasti, kun lunastimme lippumme ja menimme sisään. Tanssilava oli pyöreän muotoinen. Keskellä oli pilari, jonka ympäri tanssi sujui. Oiva ja veljeni alkoivat väsyä noin kymmenen maissa. Aarne kävi viemässä heidät nukkumaan, mutta hän palasi itse takaisin. Minä ja Heimo olimme melko hyvässä kunnossa. Me jopa tanssimme, koska kunto oli sitä varten juuri sopiva.

Tanssien päättyä me kolme otimme taksin Välikadulle. Aarne meni nukkumaan, mutta minä ja Heimo jatkoimme pienimuotoista juhlimista. Heimolla oli vielä pullo jäljellä, joten joimme sen lämpimässä yöllisessä säässä talon pihalla. Kello lähestyi jo aamuneljää, kun saimme pullon tyhjäksi. Päätimme kävellä vielä rautatieasemalle. Halusimme nähdä, onko ketään yön liikkujia vielä hereillä. Hiljaista oli. Palasimme samaa tietä kortteeripaikkaan ja kiipesimme yöpuulle.

Aamulla nukuimme pitkään. Joskus puolelta päivin heräsimme suu kuivana. Isännällä oli onneksi olutta jäljellä. Joimme sitä vähän, kunnes painuimme joukolla paikalliseen ravintolaan. En muista, oliko se jo silloin nimeltään Amin krouvi. Söimme siellä ja joimme kylmää olutta. Päivän ohjelmaan kuului ensin uiminen ja sitten kalastaminen.

Uimarannalle täytyi mennä taksilla. Uimavaatteet olivat onneksi mukana. Polskuttelu vedessä virkisti kummasti. Uimaranta oli lähellä kauppalan keskustaa. Samalla taksilla kolme meistä ajoi 20 kilometrin päähän kalastamaan. Minä ja Heimo lähdimme paikalliseen ravintolaan. Koska olimme nuoria, niin kestimme juomia hyvin. Otimme viisi paukkua. Sitten lähdimme kävelemään kohti majapaikkaa. Heimo huomasi, että meidän pitää ostaa hääkukat. Torilla joku sattui myymään kukkia, joten teimme ostokset sieltä. Kukkapuska mukanamme saavuimme perille. Siskoni oli tullut töistä ja oli yksin kotona. Annoimme kukkamme ja istuimme kahvipöytään. Kalastajat eivät olleet vielä palanneet, joten otimme päiväunet. Isännän tilaama taksi haki meidät hänen syntymäkotiinsa, joka vielä silloin toimi kauppana. Nyt oli tarjolla pilsneriä ja poikien pyytämää kalaa. Nuorena jaksaa syödä, joten kävimme kalan kimppuun ja painikkeena oli pilsneriä.

Vihdoin selviydyimme takaisin Välikadulle, jossa nukuimme yön. Sunnuntaiaamulla alkoi kotimatka. Kaikki olivat melko väsyneitä rankan juhannuksen jälkeen. Saman tien olimme sopineet toisesta matkasta syksyllä: matkasta Ruotsiin ja Norjaan.

Ruotsi ja Norja

Syksyllä 1966 lähdimme hakemaan veljeäni Sundsvallin alumiinitehtaalta kesätöistä. Hän oli ollut siellä kahtena edellisenäkin kesänä. Olimme varanneet paikat Vaasa–Uumaja-laivalta. Otimme kolmen hengen hytin käyttöömme, vaikka matka ei kestänyt kuin kuusi tuntia. Vanha Skoda kuljetti meitä hyvin. Laiva lähti puolelta öin, joten saavuimme aamulla perille. Ilta meni pitkäksi. Nautiskeltiin laivan antimista. Nuorena humaltuu helposti ja kestää hyvin juhlinnan rasitukset. Kaunis, lämmin ja aurinkoinen sää otti meidät vastaan Uumajassa. Jatkoimme matkaa Sundsvalliin, jonne olikin oletettua pidempi matka. Taisi mennä peräti kolme tuntia matkaan. Sundsvallissa yritimme uinailla veljeni huoneessa, ennen kuin jatkoimme kiertoajeluamme kohti Trondheimia. Siellä oli myös sulfaattitehdas, joka haisi vielä niihin aikoihin tosi pahalta. Alumiinitehdas oli päästöiltään paljon siistimpi.

Lähdimme joskus iltapäivällä eteenpäin. Suuntasimme Ruotsin poikki kohti Norjaa. Maisemat muuttuivat tunturimaisiksi ja harvaan asutuiksi. Hyväkuntoinen tie kiemurteli kauniisti eteenpäin. Vastaantulijoita ei juuri näkynyt. Jutustelu jäi vähäiseksi, koska edellisen yön hilpeä meno painoi vielä päässä. Kukaan ei halunnut avata ostettuja laivapulloja. Vähitellen lähestyi yö ja alkoi pimetä. Aioimme nukkua autossa säästääksemme vähäisiä matkarahoja. Ainoastaan veljelläni oli makuupussi, jossa hän nukkui. Meillä kolmella unet jäivät taas vajavaisiksi. Kun sai unen päästä kiinni, niin pää notkahti alas ja seurauksena oli herääminen. Tämä toistui useaan kertaan yön aikana. Aamulla taas lähdettiin liikkeelle. Pysähdyimme lähimpään baariin nauttimaan aamiaista. Se maistui harvinaisen hyvältä.

Niinpä lähestyimme Trondheimia idästä päin. Talot olivat matalia ja enimmäkseen kivestä tehtyjä. Asujaimisto sijaitsi laaksossa, jota ympäröi korkeat tunturit ja sen läpi kulki syvä Trondheiminvuono. Aurinkoisena kesäpäivänä näky on todella kaunis. Ennakkoon emme tienneet kovin paljon Trondheimista. Siihen aikaan siellä asui noin 120 000 ihmistä. Telakkateollisuutta, kalateollisuutta ja metsäteollisuutta esiintyi. Tiesin sen olevan vilkas opiskelijakaupunki. Saimme silmiimme 1100-luvulta olevan tuomiokirkon. Kävimme Trondheimin edustalla olevalla Munkholmenin saarella, joka oli palvellut sekä linnoituksena että vankilana. Sieltä aukesi Atlantti eteemme. Toisella puolella sijaitsi sitten Amerikka. Viivyimme ja viihdyimme saarella kolme tuntia. Söimme ja joimme siellä. Sitten takaisin mannermaalle, josta jatkoimme matkaamme kohteena Oslo.

Ylitimme pitkän sillan. Molemmin puolin luonto loisti kaikessa komeudessaan. Syksy ei ollut vielä saapunut. Tie Osloon oli mutkittelevaa ja kapeaa. Joka toinen tunti pysähdyimme joko jaloittelemaan tai juomaan kahvia. Välillä tiellemme sattui lammaslaumoja, joten nopeus täytyi pitää alhaisena. Jouduimme taas kerran yöpymään autossa. Asento ei ollut paras mahdollinen, mutta pieniä torkahduksia syntyi. Veljeni oli onnellisessa asemassa, kun sai nukahtaa makuupussiin. Matka taittui kuitenkin vähitellen, ja saavuimme Osloon. 1960-luvulla liikenne ei ollut vielä kovin ruuhkaista edes suurkaupungeissa, joten päräytimme keskelle kaupunkia. Pysäköintipaikka löytyi helposti Eduskuntatalon ja Vinmonopoletin välistä. Teimme lyhyen kävelyn keskustassa katsellen näyteikkunoita. Pistäydyimme viinakaupassa ja ostimme muutaman eväspullon matkaa varten. Oslosta emme ennestään tienneet paljon. Tiesimme, että kaupungissa asui noin puoli miljoonaa ihmistä. Urheiluihmisinä tunsimme myös Holmenkollenin. Joku muisti, että norjalaiset viettävät itsenäisyyspäivää 17. päivä toukokuuta. Karl Johanin katu oli tuttu paraatikatuna. Oslossa emme viipyneet pitkään. Noin puoli päivää kului oleskeluun siellä. Aikomuksemme oli jatkaa matkaamme Kööpenhaminaan, mutta väsymys alkoi jo painaa jäsenissä. Rahan vähyys oli toinen syy muuttaa suunnitelmia. Katsoimme parhaaksi oikaista suoraan Tukholmaan. Laskimme, että ehdimme hyvin Turkuun lähtevään aamulaivaan, vaikka emme kovin kauheasti pitäisi kiirettä. Tarkoituksena oli vaihtaa uudet renkaat Ruotsin puolella, koska kaikki autotarvikkeet olivat huomattavasti halvempia Ruotsissa kuin Suomessa.

Pienellä Årjängin paikkakunnalla löysimme autofirman, jossa oli edullinen rengastarjous. Ajoimme firman pihaan ja sovimme renkaiden vaihdosta ja hinnasta. Vaihdon aikana kävelimme lähellä olevaan baariin juomaan kahvit. Renkaiden vaihtoon meni hieman yli tunti. Uudet renkaat alla suuntasimme uusiin kohteisiin. Pysähdyimme aina vähänkin isommissa paikoissa. Pintapuolisesti tutuiksi tulivat Karlstad, Karlskoga, Örebro, Arboga, Köping, Västerås ja Enköping. Aamuyöstä alkoivat Tukholman valot loistaa silmiemme edessä. Liikenne oli hyvin vähäistä Tukholmassakin. Muutamia rekkoja ohitettiin tai tuli vastaan. Ajoimme lähelle satamaa ja pysähdyimme vielä hetkeksi rantaan. Tukholma vaikutti kauniilta auringon noustessa. Laiva Suomeen lähti kello yhdeksältä. Ehdimme hyvissä ajoin satamaan. Laivassa oli tilaa niin autolle kuin ihmisillekin. Niinpä Skoda sujautettiin laivan uumeniin ja me kavusimme ravintolakannelle.

Heti kun ravintolat avasivat ovensa, menimme syömään. Ruoka maistui todella hyvältä. Otimme päälle pari oluttakin. Väkevämmät jätimme myöhempään ajankohtaan. Siihen aikaan kaikki tarjoilu laivoilla tehtiin vielä pöytiin, itsepalvelua ei tunnettu. Tarjoilijat olivat useimmiten miehiä. Oli mukavaa nauttia erilaisia cocktaileja. Tunnelma muuttui miellyttäväksi ja turvalliseksi. Matka kesti noin 10 tuntia, joten siinä ehti syödä, juoda ja keskustella monista asioista. Teimme yhteenvetoa takana olevasta matkasta. Päällisin puolin kokemukset olivat myönteisiä. Ainut ongelma oli yöt: olisi pitänyt päästä kunnolla pitkäkseen ja levänneenä aamulla ylös. Välillä lueskelin ostamiani norjalaisia ja ruotsalaisia lehtiä. Kielitaito oli vielä puutteellista, mutta tärkeimmät asiat selvisivät.

Jo matkan varrella Ruotsissa huomasin, että siellä pidettiin vaalit syyskuussa. Puolueiden mainoksia oli levitetty pitkin maanteiden varsia. Tunsin Ruotsia kohtaan sympatiaa sen takia, että siellä oli pitkään vallassa sosialidemokraatit ja että maa oli onnistunut pysymään toisen maailmansodan ulkopuolella. Kuvaa himmensivät jo silloin ruotsalaisissa lehdissä esiintyneet kirjoitukset, joissa usein toistui sana "finne" ikävään sävyyn. En silloin vielä tiennyt taustoja tällaiselle kirjoittelulle. Vasta myöhemmin, kun asuin itse Ruotsissa, asia valkeni paremmin.

Matkan varrella oli oikeastaan kolme mielenkiintoista kiinnepistettä: Tukholman saaristo, Maarianhamina ja Turun saaristo. Ensikertalaisena ne kaikki näyttivät hohdokkailta kesäsäässä. Kuljimme matkan valoisaan aikaan. Saaristot olivat vielä hyvinkin vihreitä. Valitettavasti kenelläkään ei ollut kameraa mukana, joten kuvat jäivät vain muistin varaan.

Turun satama alkoi tulla näkyviin. Laskeuduimme vähitellen autokannelle ja istuuduimme autoon. Silloin tulli oli vielä jokseenkin tarkka myös pohjoismaalaisille, joten jouduimme pysähtymään tullimiehen kohdalla. Hän käski avata takaluukun ja alkoi penkoa tavaroitamme. Oiva otti esiin Mikon ostaman vanhan radion ja sanoi, ettei meillä ole muuta arvokasta. Tullimies oli kiinnostunut myös väkijuomista, mutta niitä ei löytynyt edes sallittua määrää. Rahat eivät olleet riittäneet kuin muutamaan pieneen viskipulloon. Kassa oli koko matkan niukka. Tullista päästiin vähällä. Ajoimme ulos laivasta ja suunnistimme Vanhalle Littoistentielle, josta löysimme Mikon asunnon leskirouvan alivuokralaisena. Turussakin olin käynyt aiemmin vain kerran.

Ilta oli jo pimentynyt, mutta me kolme ajoimme vielä Porin seudulle asti, kunnes otimme pienet torkut kuskin väsyttyä. Parin tunnin unien jälkeen tankkasimme Porissa ja jatkoimme vielä parin tunnin matkan kotiin Pohjanmaalle. Veimme Oivan ensiksi Perälään hänen asunnolleen verstaansa yläkertaan. Sieltä meillä oli enää viisi kilometriä omaan kotiimme. Kierros oli nyt tehty.

Maria Salo keskellä

USA:sta

Nuorisoa 1930-luvulla.

Pentti Salo

Maria Salo (vasen)

Arvi Salo

Perälän työväentalo 1938.

Viitin koulu 1949.

Viitin kylätupa.

Ulla Sillanpään koti.

Viitin voittoisa köydenvetojoukkue vuonna 1954. Mukana mm. Pentti Salo ja Arvi Salo.

Kalle Salon perhettä: Kalle Salo (vasen), Pentti Salo (takana, vasen), Maria Salo (edessä, keskellä), Urpo Salo (takana viistoon Mariasta), Oiva Salo (Urpon takana), Aarne Salo (oikealla).